香蕉子
的故事

祝悠行　著

浙江少年文学新星丛书·第五辑

海飞　主编

四川大学出版社

责任编辑:蒋姗姗
责任校对:杨丽贤
封面设计:天恒仁文化传播
责任印制:王 炜

图书在版编目(CIP)数据

香蕉子的故事 / 祝悠行著. 一成都:四川大学出
版社,2018.10
(浙江少年文学新星丛书. 第五辑)
ISBN 978-7-5690-2508-8

Ⅰ.①香… Ⅱ.①祝… Ⅲ.①中国文学-当代文学-
作品综合集 Ⅳ.①I217.2

中国版本图书馆 CIP 数据核字(2018)第 246088 号

书 名	香蕉子的故事	
著 者	祝悠行	
出 版	四川大学出版社	
地 址	成都市一环路南一段 24 号 (610065)	
发 行	四川大学出版社	
书 号	ISBN 978-7-5690-2508-8	
印 刷	三河市嵩川印刷有限公司	
成品尺寸	145 mm×210 mm	
印 张	7	
字 数	120 千字	
版 次	2018 年 11 月第 1 版	
印 次	2020 年 10 月第 2 次印刷	
定 价	35.00 元	

◆读者邮购本书,请与本社发行科联系。
电话:(028)85408408/(028)85401670/
(028)85408023 邮政编码:610065
◆本社图书如有印装质量问题,请
寄回出版社调换。
◆网址:http://press.scu.edu.cn

[祝悠行]

2007年10月出生，杭州高新实验学校小学五年级学生，先后在杭州长江实验小学、杭州高新实验学校就读。从幼儿园起，就开始故事创作，由父母记录。一年级，童话故事《书老鼠》在《小学生世界报》发表，诗歌《穿不上的旧鞋子》刊登在《纯真年代》跨年刊物上；二年级，《微童话》获第十一届冰心作文奖小学组二等奖，其漫画作品获校漫画比赛一等奖；三年级，获得"超凡杯"创新作文现场赛一等奖、滨江区"滨江印象"主题征文二等奖；四年级，入围第13届浙江省少年文学之星征文比赛现场赛，获得一等奖。迄今为止创作的故事和作文共计20余万字，选编自印作品选《香蕉子的故事》。

参加浙江省少年文学之星
征文比赛现场

和弟弟一起

行走世界

青年作家陈晓辉给予鼓励

日本游学和寄宿家庭合影

吴校长的鼓励

自主阅读

读书日演讲

在校鼓号队

与同学在一起

在悦览树朗诵诗歌

漫画

《香蕉子的故事》自印版本封面

鹦鹉空空（空彩诚原型）

"祝悠行，你的文笔令人敬佩，你笔耕不辍的精神令人佩服！你的文笔时而幽默风趣，时而悲伤抒情，犹如一条叮叮咚咚的小溪，流淌在陡峭的群山中。书中的一个个人物，如卡琳、艾丽、杨运枝、张小武……在我脑海中跑过。我们永远是你的忠实读者，坚持到底，406班永远支持你！"

——周子琪

"祝悠行的书充满了想象力，内容很丰富，故事也很有趣。比起那些大人写的书，我觉得她写的更适合我的胃口，只要一有时间我就会翻开她写的书看。里面的每一个故事都很吸引人，我非常喜欢。我也喜欢看书、写作，却是想得多写得少，以后要像她一样随想随记。希望她能坚持写下去，成为一名真正的作家。"

——郭晨曦

老师眼中的祝悠行

　　祝悠行的文章词雅文练，写景生动；布局新颖，用词简达；妙趣横生，读来可喜；叙述紧凑，扣人心弦。每次习作、周记抑或是随笔都会成为同学范文，一颦一笑、一哭一悲都让人难忘。老师喜欢批她的文章，因为那是一种享受；同学喜欢听她的故事，因为那是一种收获。这些都和她有一颗热爱阅读的心和善于引导她写故事的父母分不开，以至于一花一草、一人一物，在她眼里、心里都有故事，而她自己本身就是一个故事。愿她的故事随着阅读的丰富和人生的阅历的增长越来越多，越来越有趣！

　　　　　　　　——语文老师蔡晓晴

作家
评语

　　四个言简意赅的小故事，有对成长的感悟，有对为人处世的表达，有对情绪管理的思索，出自二年级小朋友的手笔，非常难得……作者有写作的天赋，加以练习，今后会在写作的道路上有所收获。

　　　　　——冰心作文奖评委、著名儿童文学作家沈石溪

序

我给你们准备了"无边无际"的故事

女儿悠行，从小爱听故事也爱编故事。

她较早学会了自主阅读，因此不仅常常主动读书上的故事给我们听，有时还脱离书本，按照自己的理解想象编造出一个个"自己的"故事。

和每个爱幻想的孩子一样，女儿拥有自己的心灵世界；和很多孩子不一样的是，她喜欢把这个心灵世界讲出来：在幼儿园，编故事给小朋友们听；在家里，拿乐高积木、毛绒玩具编故事给自己听；在去学校的路上，把自己编的故事讲给妈妈听，母女俩常常提早一站下公交车，好听她把故事讲完……

她特别享受讲故事的过程，也尤为珍视这些稚嫩的创作。有一次，爸爸辅导作业，对她说：再拼对五个拼音有奖励。女儿马上回应：爸爸做得好，我也给你奖励，我给你们准备了"无边无际"的故事。

女儿沉醉在这"无边无际"的故事中，有时也不免会有创作的痛苦。有天晚上，她又有了灵感，要爸爸打字。爸爸有点累，就借故推托。女儿拍拍脑袋说："不行的，这里的菜都要焦了，你们闻到焦味了吗？"

这"无边无际"的故事，一讲就是六七年，我们有幸成为女儿故事的第一听众、第一读者。我们记录了这些故事中的一部分，有的是事后根据记忆"抢救"出来的；更多的是，女儿一边讲，我们一边打字留存。

我们整理出来的这些故事，竟有20万字之多。读着女儿的故事，眼前常常会浮现出这样的画面：她在斑斓的花园里徜徉，而她的想象力在飞，就像身边翩跹的彩蝶。这些故事，有她读过的书、看过的电影、听过的传闻的影子，但更多的是她经历的生活、有过的喜怒哀乐和奇思妙想。其中一些，也许显得稚嫩，经不起严密的推敲，但恰恰是她所拥有的情感观、世界观以及她没有被束缚的想象力共同的结晶，我们视之为"礼物"。

要感谢幼儿园的吴伟君老师，很早就发现了女儿这个爱好，也给了她很多鼓励。特别感谢语文老师蔡晓晴，对女儿的写作激赏有加，并且给了很多指导，使女儿进步明显。

　　记得幼儿园毕业礼上有个"20年后的我"的环节，女儿戴着眼镜手拿书本展示了自己20年后的作家形象，那本道具书的封面上赫然写着"香蕉子的故事"，而"香蕉子"是她给自己起的笔名。现在我们将结集的这本书命名为"香蕉子的故事"，是总结，是激励，也是开始。

　　写作是寂寞的精神劳动，女儿的文笔尚稚嫩，故事还单纯，还需要更为开阔的阅读、丰富的阅历和扎实的训练来支撑进步。作为父母，唯愿她能充分感受其中的快乐。

　　文学漫道，悠然前行。

爸爸、妈妈

2018年7月

内容简介

　　这本故事作文集是作者从幼儿园到小学四年级创作的故事、作文的选集。作者自小喜欢编"自己的"故事，酷爱写作。迄今为止创作了20余万字的故事和作文，四年级时选编了14万字自印成作品集《香蕉子的故事》，受到老师同学的欢迎。现精选其部分文章出版，是总结也是新的开始。作者创作的故事以微童话、幻想故事和系列故事为主，作文则选自小学阶段的部分习作。这些故事，有她读过的书、看过的电影、听过的传闻的影子，但更多的是作者经历的生活、有过的喜怒哀乐和奇思妙想，特别是系列故事《空彩诚与袜瑞传奇》，可以说是学校生活与奇思妙想的完美结合。

目录

二年级

三年级

四年级

空彩诚与袜瑞传奇

幼儿园

香蕉子的故事

　　香蕉子觉得自己不够漂亮，就去向柳树借好看的柳叶。柳树说，不行不行，我要用柳枝给人遮阴的。

　　香蕉子又去找花朵借花蔓。花朵说，不行，花蔓是我最好的朋友，没有她，我就没人说知心话了。

　　香蕉子又问岩石要石块。岩石说，敲我的头我会很痛的。

　　香蕉子决定向森林借，他的宝贝肯定很多，她说，给我一些树叶、果子和花吧。森林拒绝说，你要得太多了。

　　香蕉子走了一圈什么也没借到，很难过。

　　她在溪水里发现，自己已经变得黄黄的，很好看。

2014 年 5 月 24 日

国王的痛苦

国王想要长生不老，他想到自己虽然享尽荣华，但还是要和那些穷人一样死去，很痛苦。

王后说，只要活着多做好事，老百姓就会一直记住你，这不和长生不老一样吗?

国王不听，还是到处找不老药。王后怎么说也没用。

后来，国家越来越乱，不久就灭亡了，国王就死了。

2014 年 3 月 30 日

兔子老师

兔子老师教小朋友认字。教了一遍问大家，这个字是什么字？没有人举手回答。

第二天，她又问大家这是什么字，还是没有人举手回答。兔子老师生气了，说：这么简单的字你们怎么都记不住啊！这个字是，兔子老师突然呆住了，这个字她自己也认不出来了。

小狗发现，兔子老师的书拿倒了。

2014 年 3 月 30 日

巨鸟记

"妈妈，我回来了。"木小小回到家，发现妈妈不在家。木小小就到自己房间睡觉了。

木小小刚睡着，一个黑幽灵来到她床前，一边走一边变成一个猿猴。猿猴又走到外面，爬到一棵树上，变成了一只长着猪耳朵、蛇身的红色巨型鸟，发出难听的怪叫。听到这怪叫的人都会沉睡过去。

木小小的爸爸在屋里忙。他听到外面的怪叫声，一回头，看见一只巨型鸟在窗台上，吓得爬到了床底下，一会就睡着了。看来，爸爸也不是神通广大的。

木小小的妈妈在烧菜，也听到了巨鸟的叫声，就睡着了。锅里的菜都烧焦了，黑乎乎的，家具也烧着了。

木小小和木小李赶过来，帮妈妈扑灭了火。不过，他们听到巨鸟怪叫，都有点困了。

这时候，一个老头来到门口，挡住了巨鸟，然后对木小小和木小李说："别怕，这一定是红魔王搞的鬼。"

木小小问："谁是红魔王啊？"

老头说："红魔王住在一座山上，他有许多阴谋，我有办法战胜他。"

　　木小小和木小李说："怎么战胜他呢？"

　　老头说："你们跟我来。"

　　他们来到了一间草房子里，里面有五匹红马。老头说："我们骑着这五匹红马去和红魔王战斗，不过，如果红马都死了，我们就回不来了。"

　　木小小、木小李就和老头骑上红马来到红魔王的山上，发现前面有一道红光。老头说："这就是红魔王的家。"

　　他们骑着马往前跑，骑着骑着，小红马的腿就断掉了。

　　最后一匹小红马也断腿了，他们回不来了。木小小和木小李伤心地哭了起来，眼泪掉在泥土里，泥土里就长出小树苗，他们一直哭，小树苗就一直长。

　　这时候，木小小醒了过来，原来是一个梦啊！

2014年2月16日

一年级

糟糕的一天

糟糕的一天从早上开始。

笑脸起不来床，这时闹钟响了，他很生气地砸掉了闹钟，把闹钟扔进了水里。

笑脸又对水生气，说："你怎么可以把我这么珍贵的闹钟给淋湿了！"于是把水打翻了，倒得满地都是。

于是笑脸又对地板生气，说："你怎么满地都是水，弄得我不好走路。"

正说着，笑脸就重重地摔倒了……

2014年9月17日

会飞的垃圾桶

在一个豪华住宅区，有一个垃圾桶，这个垃圾桶没有人喜欢，连清洁员都不喜欢它，也不打扫它。

有一天，小区里来了一群小动物，它们喜欢上了这个垃圾桶，就躲了进去。

暴风骤雨的时候，它们就把垃圾桶锁起来，躲在里面。

晚上的时候，小动物们就用垃圾桶里废弃的小桌子、小椅子吃饭聊天，还有小被子可以盖着睡觉。它们很喜欢这个垃圾桶，而且跟它成了最好的朋友。

有一天，它们发现这个垃圾桶飞了起来。它们乘着垃圾桶，飞过了河流，飞过了高山，飞过了大海，来到了一个美丽的地方。

书老鼠

　　书老鼠不是爱看书，而是爱吃书。它住在老鼠国里，有一位好朋友蒂姆，但蒂姆喜欢吃甜点。所以，两个人虽然是最好的朋友，但不是最完美的朋友。

　　圣诞节的时候，书老鼠拿到的礼物是甜点，蒂姆拿到的礼物却是书。两个人都气急败坏，扭打在了一起。蒂姆觉得书有什么好吃的啊，灰灰的、苦苦的。

　　它们竟然不知道交换。

穿不上的旧鞋子

穿不上的旧鞋子，可以成为蚂蚁的家：

旧皮鞋做它们的仓库，小棉鞋做它们的睡袋，高跟鞋做它们的滑滑梯，气垫鞋做它们的蹦蹦床，旱冰鞋做它们的车子，雨鞋做蚂蚁国王的宝座。

2015年1月12日

鸟小跳学魔法

在古法兰斯，有很多特别的鸟。

那里有一个鸟国公园。公园里，鸟国的鸟在开会。鸟国首领说："我老了，要有一个新首领来代替我，他要年轻善良，特别是要会魔法才行。万一猎人来砍树，可以保护大家。"

有一只小鸟动心了，她准备去学魔法，她就是鸟小跳。

第二天清晨，她就带上行李出发了。鸟小跳来到了一个富国，富国的人们都穿着华丽的衣服，戴着闪闪发光的金银首饰。鸟小跳走在路上显得很突兀，因为它不穿衣服，而且这里从来没有过一只鸟。鸟小跳想马上离开这里，可是她的心不同意。她只得再在富国里转啊转，竟然走不出去了，她走到了臭臭的下水管道，捡着了一枚银币，她想起自己没有带钱，有了它就可以去买点东西了。于是她就去买了一把扫帚。她骑上扫帚，飞上了天，一得意，扫帚掉了下来。鸟小跳掉进了河里，扫帚掉在了旁边的草丛里。她赶紧爬了出来，又骑上扫帚飞上了天，她高声叫："我是女巫！"不过她想起自己本来就会飞，就不那么开心了。

　　过了一会儿，她来到了一座古堡。她问卫兵："这里有没有会魔法的人？"卫兵说："这里住着一个邪恶的巫师。"她想了想还是要进去，卫兵给她开了门，告诉她坐电梯上去。鸟小跳找到了邪恶巫师，说："你会魔法吧，快教教我吧。"邪恶巫师说："我不会魔法，我只有魔法药水。"鸟小跳说："我不要魔法药水，我要学魔法。"她失望地骑上扫帚飞上了蓝天。

　　她又碰到了一位也骑着扫帚的女巫。她大声问她："能教我魔法吗？"女巫说："我只会巫术。"鸟小跳只能失望地离开了。

　　鸟小跳飞啊飞，看到前面有一座大理石白塔。白塔上面刻着几个大字："魔法学校"。她高兴地叫了起来："太棒啦！"差点掉下来。她走进大门，碰到一个戴着高帽子的白胡子老爷爷。鸟小跳问："老爷爷，你会魔法吗？"老爷爷说："我会魔法咒语，不过，有时会不灵。"鸟小跳说："能教我吗？"老爷爷说："跟我念咒语，拉里拉里轰！"鸟小跳问能变出什么？老爷爷说能变星星。鸟小跳就跟着念，变出的不是星星，竟然是香蕉。鸟小跳说："不对呀，我要变出花。"老爷爷说："好吧，跟我念噗隆噗隆利。"鸟小跳跟着念"噗隆噗隆利"，却变出了大火龙。真是吓死人了。鸟小跳等不及了，她说："这算什么魔法啊？"老爷爷说："哈哈，我忘记告诉你了，我是玩笑魔法师，你要学会了一般魔法才能学玩笑魔法的。"

　　这时，里面走出来一位更胖的白胡子老爷爷。他说："我是魔法专业的教师，跟我学吧，我先教你化学。"鸟小跳说："我不要学化学，我要学魔法！"胖爷爷说："化学就是魔法，学了化学才能学会魔法。"鸟小跳说："那好吧，我要学化学。"

　　可是学了三天后，鸟小跳觉得化学没意思。她说："我不要学化学了，我才几岁啊，又不是大学生，我要学魔法。"胖爷爷说："好吧，我们来跳魔法舞蹈好了。"于是鸟小跳就跟着跳了起来。鸟小跳没想到魔法舞蹈会这么好玩。老师说："你现在要变什么？"鸟小跳回答："我要变一束花，一束美丽的真花。"胖爷爷说："现在你指着自己的鞋子。"鸟小跳很奇怪，难道要把鞋子变一束花？胖爷爷说："难道你不同意？"鸟小跳忙说："哦，非常同意。""力非刀，拂利拉塔！"鸟小跳跟着念，一束漂亮的真花真的变出来了，臭鞋子去哪里了呀？鸟小跳吃惊极了，她拿起花来闻，花真香啊！胖爷爷说："因为'拂利拉塔'是香水的意思。"

　　鸟小跳很开心，跟着胖爷爷用心学习魔法。终于学会了所有魔法，连玩笑魔法都变得非常顺利了。她变了两束花，送给两位老师，和他们告别。她和他们说"扎比牛夜"后就不见了，这是"再见"的魔法语。

2015 年 1 月 17 日

二年级

雨中的风铃

　　雨像千根丝一般从天上落下来。天朦朦胧胧的，就像小猫那双疑惑的眼睛。我走在石板桥上，回家。每走一步，石板桥都发出清脆的声音来欢迎走过它的人。因为阿姨回家了，我只能走那条从没走过的陌生小路回家，走那条小路时，我仿佛听到了许多怪叫。我还感觉，每走一步，雨就下大了一点。

　　走到张老先生开的音乐店，我才放轻松了一些。我上幼儿园的时候，张老先生总是给我许多糖果吃。每次万圣节的时候，他都会给我更多的糖果，塞满整顶帽子。我最喜欢的就是他音乐店门口那串可爱的风铃了。我和小风铃是好朋友，总是向她述说心事。小风铃都认真地听着，给我一个满意的回答。下雨的时候，小风铃总是喜欢臭美，她喜欢左右摇摆着，哼一些跑调的歌曲。

　　小朋友们听了这个故事，想一想，你有没有一个懂得你心意、会听你述说心事的朋友呢？

2015年11月23日

我的奇先生妙小姐

暴躁小姐

暴躁小姐的肚子大大的，像怀孕了似的。她的眉头往上翘，感觉很生气的样子。脸红得不能再红，看样子她的心胸很小，已经忍得不能再忍了。她住在凶恶小房子里，凶恶小房子的两扇圆圆的窗户，就像两只凶恶的眼睛，门就是那狡黠的笑容。暴躁小姐的心胸非常狭窄，就连一只蚂蚁都爬不进去。暴躁小姐只有一个朋友，那就是她的表哥暴躁先生。他们经常用暴躁的口气跟对方说话，每次说完他们都会哈哈大笑。

这天，暴躁小姐在吃早饭的时候，门铃响了。"谁敢打扰我吃早饭？"暴躁小姐暴躁地说道。她打开门，原来是邮递员。"有一封您的信。"邮递员有礼貌地说道。

"哦，我的信。下次不能再这么打扰我吃早饭了。"暴躁小姐还是用暴躁的口气对邮递员说话。

邮递员难过地走了。暴躁小姐暴躁地把门给关上了，发出了雷一般的响声。暴躁小姐打开信，一边读一边吃着早饭。

"啊,是我的表哥,他邀请我去喝下午茶,这真是太好了。"暴躁小姐用她那沙哑的声音说着话。

暴躁小姐吃完了饭,暴躁地把碗筷扔到洗碗槽里,"我该出门去表哥家了。"她自言自语道。

暴躁小姐骑上了她的闪电摩托车,闪电摩托车以往的速度都很快,可今天不怎么快了。"你这傻家伙,怎么不动啊!"暴躁小姐暴躁地骂道。

下午2点10分,暴躁小姐到了表哥家。"下午茶是2点钟喝的呀,我的傻妹妹,你怎么现在才来呀!"暴躁先生打开门说。

"哇!"暴躁小姐嘟囔道。

"我们进来聊一聊吧。"暴躁先生说道。

"我是来喝下午茶的,不是来聊天的!"暴躁小姐生气地吼道。

"这是我的夫人,宽容太太。"暴躁先生介绍道。

"我没空听你介绍你的家人,这些我都知道,我是来喝下午茶的,我晚上还有事情要做呢。"暴躁小姐暴躁地喊道。

"我知道,我的傻妹妹、蠢妹妹、笨妹妹!"暴躁先生吼道。

"看看吧,"他说,"我都已经准备好了!"他带着暴躁小姐来到花园,花园里有一张桌子,桌子上摆满茶点。

"好丰盛啊，亲爱的哥哥！"暴躁小姐高兴极了，这是她第一次露出微笑。

"开吃吧！"暴躁先生说。

抱怨小姐

抱怨小姐住在小蘑菇屋里。抱怨小姐一天要抱怨的事情太多了，她几乎每时每刻都在抱怨。起床第一件事情，她说的不是天气真好啊，或者天气有点糟，她总会抱怨，要么抱怨天气太热了，要么抱怨天气太冷了。下楼梯的时候，她也会抱怨，她会抱怨自己还没睡够，闹钟为什么就响了呢。早饭烧煳了，她还会抱怨烤箱可真没用，把早饭都给烧煳了。

因为抱怨小姐整天没完没了地抱怨，都没时间和朋友玩了。所以她的眉头皱起来，表现出一副很不高兴的样子。她有一个朋友，这个朋友非常爱慕虚荣，她就是妙小姐镇上的第一富翁——富贵小姐。富贵小姐可以吃火鸡，她盖的被子是用天鹅绒织成的，她用牛奶洗脸，她还有一个比市政府还要大的后花园。抱怨小姐有时还会抱怨富贵小姐的钱比她多，但抱怨小姐很喜欢和富贵小姐在一起玩。富贵小姐虽然很爱慕虚荣，但她总是会帮助抱怨小姐。抱怨小姐抱怨自己的鞋子穿不上了，富贵小姐会帮她买新鞋子。抱怨小姐很喜欢富贵小姐，可她有了这个朋友，她还是没有改掉爱抱怨的坏习惯。

有一次，富贵小姐搬家了，从妙小姐镇搬到了遥远的魔法森林。从妙小姐镇穿过大海就是奇先生镇，奇先生镇再穿过埃尔阴森山就是魔法森林了。

抱怨小姐只能眼睁睁地看着自己的朋友离自己越来越远了，她们也许就要永远别离了。抱怨小姐抱怨自己的朋友为什么要离开自己。不管抱怨小姐抱怨什么，也没有人来帮她了。她只好去向有趣小姐求助，富贵小姐不在，有趣小姐就变成第一富翁了。可有趣小姐是个小心眼，她很小气，不肯把任何东西借给别人玩，也不愿意出钱帮助别人。

没办法，抱怨小姐只能去表哥抱怨先生家了。想想，她在那里又会经历怎样的风波呢？

娇气小姐

娇气小姐可真惨，她住在不准撒娇的严厉王国里，她在这里没朋友，一个人孤孤单单地住在爬山虎小屋里。别人一生气，娇气小姐就会开始撒娇，而且每次都会落眼泪。她不想住在严厉王国，但她只能住在这里了。

妙小姐镇满员了，娇气小姐只能自己找一个国家住下来。妙小姐镇是妙小姐们的天堂，那里充满欢声笑语，可那里的空间有限，只能住二十四位妙小姐，妙小姐一共有四十五位呢，剩下二十一位住哪里？没办法，只能住在别的地方了。

这天，娇气小姐去买面包吃，"嗨，我是娇娇气气小姐。"娇气小姐娇气地对面包师说。她本以为面包师会哈哈大笑，但面包师还是严肃地笔直站着，"您想买什么？"他瓮声瓮气地问。

"我要买面包、香肠、培根、吐司、蛋糕。"娇气小姐一口气说完了要买的所有东西。

"可我们这里不卖香肠和培根，香肠和培根应该到肉店里去买的，小姐。"

"哦，那我去肉店买香肠和培根。"娇气小姐说。

她蹦进了肉店。"呜呜，呜呜，"她撒起娇来，"我肚子好饿啊，我要买面包、吐司、蛋糕。"

"可面包店才卖面包、吐司、蛋糕。"肉店师傅说。

"可面包店不卖香肠和培根呀。"娇气小姐又呜呜地叫起来。

娇气小姐蹦啊跳啊的，让肉店师傅目瞪口呆。

那几个店员也呜呜呜地叫起来。猫头鹰听见了，羡慕地飞到肉店里来。"呜呜，呜呜"，娇气小姐和猫头鹰在月光下呜呜地叫着。

2015年11月29日

愚蠢先生

　　愚蠢先生住在奇先生镇上，他认为自己就是世界上最最幸福的人。虽然他极其愚蠢，不是一点儿的愚蠢，只不过他认为自己只有一点儿愚蠢。愚蠢先生只有一个朋友，那就是傻先生。傻先生没头没脑，他认为猪是白色的，还认为树是房子色的。愚蠢先生比傻先生更荒唐，但他依然认为自己是世界上最最幸福的人。

　　愚蠢先生没有工作，但他还是认为自己最聪明。愚蠢先生的邻居机智先生，给愚蠢先生找了一份工作，让他去奇先生餐厅当服务员。愚蠢先生很高兴自己有一份不错的工作，他感谢了机智先生。可愚蠢先生实在是太愚蠢了，他竟然把新买回来的橙汁放进了烤箱；他竟然把36号的菜端到18号去了；他竟然把汉堡里的芝士换成了火腿；付钱的时候，他竟然把35元钱算成了54元钱。第二天，他就被老板开除了。

　　愚蠢先生又到机智先生那里去讨工作，机智先生正在听他最喜欢的歌呢。愚蠢先生把事情的经过讲给机智先生听，机智先生叹了一口气，说："给你一份工作，你怎么都干不好呀？"

　　他又让愚蠢先生去做奇先生小学的一名老师。愚蠢先生当上了数学老师。"你们把这道题目抄上去，36+5=42。"

他说。学生们都呆住了，一个同学举起手来，说："36+5
应该等于41，老师。"

"等于42呀，6加5等于12，30加12等于42。"愚蠢
先生说。

全班哄堂大笑。第二天，愚蠢先生就被开除了。

愚蠢先生第三次向机智先生讨工作。这回，机智先生
正在上厕所，"你又有什么事啊？"机智先生真的不想跟
愚蠢先生说话了。"36加5不是等于42吗？老兄，校长就
把我给开除了。"愚蠢先生哭哭啼啼地说。

机智先生听了都要吐血了，"36加5等于41。"他大声说。

"我这还不知道嘛，36加5等于42。这谁不知道啊？我
是世界上最幸福的人。"愚蠢先生说。

机智先生一下子就把门关上了，他不想再跟愚蠢先生
多说什么了。愚蠢先生叹了一口气，说："36加5不就等
于42吗？"这时，他看见了朋友傻先生，"嗨，朋友。"
他热情地给了傻先生一个拥抱。"去我家喝上午饭吧。"
傻先生傻傻地说。

"下午茶，伙计。"愚蠢先生改正他说。

"上午饭。"

"下午茶。"

"上午饭。"

"是下午茶。"

两个人就你一言我一语地走了。

2015 年 11 月 29 日

哲理先生

哲理先生的人生非常奇怪,一生中发生了很多奇怪的事情,但哲理先生总有办法解决。哲理先生见识广,但他个子很矮,他住在智慧老人小屋里。哲理先生不喜欢住在奇先生镇,他一个人住在遥远的文字世界,他只有一个朋友,傻先生。傻先生傻得不得了,傻先生还有一个朋友愚蠢先生(上一集已经讲过了)。

这天早上,哲理先生去了他最喜欢的哲理森林采蘑菇。他看见两个男孩在打架,就问其中一个打得最凶的男孩:"你们为什么要打架呀?一大清早的,打架真是太不礼貌了。"那个男孩哭丧着脸说:"汉姆抢我的自行车,我根本就没有借给他过呀。"汉姆也狡辩说:"那明明就是我的自行车,奇利抢我的自行车。"哲理先生有点不明白了,"这辆自行车上有没有写着你们的名字,或者有没有你们做的标记?""你就是哲理先生吧?"奇利说。"正是。"哲理先生微笑着说。

"是汉姆的自行车还是奇利的自行车呀?"哲理先生不想多说,只问这个。

"是我的。"汉姆说，"这里做着标记呢！因为是2014年买的，所以上面还写着2014呢！我还在车头写过小屁孩儿四个字，你有没有写过呀？"

"我当然没有写过小屁孩儿四个字，但我在这儿写过鲜花。"奇利狡辩说。

哲理先生拿着一面放大镜，仔细地观察小朋友写的字。"我为什么只看到小屁孩儿几个字，鲜花的字我没看见呀。这么说，就是汉姆的自行车。"

"汉姆，不用争了，这辆自行车是你的，既然这辆车是你的，你能不能给奇利玩一玩呢？"哲理先生说。

汉姆点了点头。"你们都是好孩子！"哲理先生送给孩子们两个大拇指，然后就哼着歌去采蘑菇了。

弄巧成拙先生

弄巧成拙先生哇，可真不是一般的弄不清楚。他住在小恶魔房子里，他还是个"热心肠"，但总会帮倒忙，他的邻居就是傻先生、愚蠢先生，这两个超级弄不清楚的先生朋友。

弄巧成拙先生就和这一堆人混在一起，他整天就做白日梦，但他太爱帮倒忙了。上次娇气小姐摔倒了，猜弄巧成拙先生干了什么？他看见娇气小姐哭了，就想逗她开心，但他不知道娇气小姐一逗她就会哭得更厉害，结果弄得娇气小姐的妈妈爱劳动太太来投诉弄巧成拙先生了。

还有一次，爱生病先生病倒了，他得了水痘。弄巧成拙先生想帮帮他，他拿了块抹布来洗身上的水痘，不仅让爱生病先生病得更严重了，自己也得了水痘。今天弄巧成拙先生和朋友傻先生一起玩捉迷藏，用捉马尾巴的游戏分出由傻先生来找，弄巧成拙先生来躲。他躲在了一家菜市场里，结果看见一头猪逃跑了，这个"热心肠先生"又想帮倒忙了。他对老板说："喂，不长眼睛的家伙，没看到猪逃了吗？"

弄巧成拙先生去追猪，刚好撞到了爱哭小姐，爱哭小姐大哭起来，这下可闯祸了，弄巧成拙先生付了一百三十块钱的医药费，而且又被傻先生抓到了。

弄巧成拙先生啊真是没完没了地弄不清楚。

2015年11月30日

好习惯与坏习惯

好意和恶意

有两个习惯世界，一个叫好习惯世界，一个叫坏习惯世界。今天我们要分享的是，"好意"和"恶意"。很明显，"好意"是好习惯世界的，"恶意"就是坏习惯世界的喽。

"好意"长得漂漂亮亮的，她的皮肤雪白雪白，有两只大大的眼睛，看起来非常善良。而"恶意"长得很丑很丑，他有六只眼睛，知道为什么他有这么多只眼睛吗？因为他总是看到哪个人遇到了麻烦，就要去欺负那个人。

故事发生在一个沿海的小农村里。有一个小女孩叫卡莉，非常热情，但是她不仅热情，而且还有点恶意，喜欢抓条蛇来吓唬别人，或者向别人做鬼脸。"恶意"就和卡莉做朋友了。卡莉变得越来越恶意了，是因为"恶意"越来越喜欢她了。没有人喜欢和卡莉做朋友了，卡莉就变成了一个性格很怪的女孩。卡莉的眼睛一点点地变红，她绷紧身体，见到谁就打谁。

从卡莉的一举一动中，她的护身仙女爱丽儿开始担心她了。她得让卡莉改掉这个坏毛病，把"恶意"从她的身体里赶出去。

有一天放学，卡莉在路上遇到了爱丽儿。爱丽儿送给卡莉一个礼物，是一个小人，是"好意"，她希望卡莉能和"好意"做朋友。"恶意"已经附身在卡莉的身上了，卡莉也不希望什么鬼东西附身在她的身上啊。

爱丽儿走了之后，"好意"就说："卡莉，快看你同班同学威利有麻烦了，快去帮帮他吧。"

卡莉正在犹豫要不要去帮的时候，"恶意"就说话了："威利又不是你朋友，为什么要去帮他？踢他一脚还差不多呢。"

卡莉真的不知道该怎么办，"这真是两个该死的礼物，没有教会我什么东西。"卡莉生气地嘟囔。

这时，威利已得到了其他同学的帮助，"好意"遗憾地说："你失去了一次帮助同学的机会啊！"

"恶意"就说了："反正威利已经有其他同学帮助了，我才不在乎这次机会呢。"

卡莉对这两个小东西真的很心烦，她很想听"好意"的，但又很怕惹怒"恶意"。她想跟爱丽儿仙女说："能不能把这两个小东西给送回去。"

有一天早上，她醒来，两个小东西又蹦蹦跳跳来找她了，可是今天卡莉却安安稳稳，没有打过一次人。一回到家，

两个小东西也不在了。卡莉心想，肯定是那个附在我身上
的鬼东西逃掉了，我又恢复"好意"的状态了。

2015 年 10 月 29 日

担心与放心

今天我们来介绍两个习惯世界的小东西，一个叫"担
心"，一个叫"放心"。"担心"长了十二只眼睛，老在
检查自己那个好不好，这个好不好。"放心"呢，它只有
一只眼睛，它实在是太放心了，只需要一只眼睛就够了。

故事发生在城里的一个有钱人家里。一般来说，这么
有钱的人家，应该不需要担心什么的吧。玛丽就是有钱人
家的小女孩，她在班里是班长，但她实在是太担心了。很
热的天气她却担心会不会着凉，于是穿上了棉袄，很冷的
天气又担心会不会太热，又穿上了 T 恤衫。她还会去想一
些没头没脑的事情，比如艾维和玛莎会不会不和自己做朋
友了。

艾维和玛莎是玛丽最好的朋友，她俩是双胞胎。玛丽
很担心她们不和自己玩了，每天都担心得要命。明天是星
期六，爸爸带玛丽去农村玩，玛丽很小心。农村有野兽，
会把我咬死的，玛丽想。

晚上睡觉的时候，一个小女巫走了出来，她偷偷地在

玛丽的床边放了两个小人，"担心"和"放心"。第二天
一大早，玛丽看到了两个小人。她们太好了，我要带上这
两个小人，玛丽心想。可玛丽还是很担心，她又怕农村太
脏了，又怕农村有沙尘暴，又怕农村不好玩。"放心"看
见了，忙说："农村你没去过，试试才知道好不好玩，我
想一定会很好玩的。"

　　玛丽想了想，点了点头，可她又担心起来："哎呀，
农村会不会太冷了，每件棉袄我都要带双份的，护手霜也
要带双份的，带的任何东西都是要双份的。"

　　"担心"说："对对对，这个主意不错，应该是三份的。"

　　"放心"却说："你们还不知道明天几度吗，没必要带
三份的或双份的。"

　　玛丽已经把双份的衣服放进行李箱了，她真的特别担
心，而且她又问："我还要带什么东西呢？是不是应该带
很多啊？"

　　"担心"说："我知道你要带什么东西，棉袄、手套、帽子、
游泳圈、泳衣、书、宝剑、杯子、枕头、手机、电脑、《新
华字典》《新华词典》、笔筒、镜子，而且每个都要双份的。"

　　"放心"却说："带宝剑没必要吧，棉袄、手套、帽子
和游泳圈、泳衣能一块儿用吗？"

　　玛丽还是说："放双份的才安全。"

　　她们到了农村，一进农村，玛丽就吓了一大跳。"我

真的太担心了，农村一定还有小偷。"她说。

"玛丽，放轻松。""放心"安慰她，"不必要那么担心。"

玛丽跟着深呼吸了一下，放轻松，觉得也不那么担心了。她发现担心让人很累，整个人都在哆嗦。

"农村其实也还好啦。"玛丽说。农村没有想象中的那么冷，也没有想象中的那么热，没有想象中的野兽，也没有想象中的小偷。玛丽高兴地跳起了舞，两个小东西都不见了。

2015年10月29日

骄傲与谦虚

你知道骄傲是什么吗？骄傲就是一种不好的行为，你什么时候会骄傲呢？你考了100分会不会骄傲呀？老师表扬你了，会不会骄傲呀？爸爸妈妈亲戚朋友表扬你了，你会不会骄傲呀？要是你都不骄傲的话，你就是个棒棒的好孩子了。

在感觉家族中，"骄傲"就是一个黑黑的小东西，她的眼睛眯成一团，几乎看不见，她的嘴角往上一勾，说话的时候还随心所欲。

谦虚又是什么呢？谦虚是一种好的表现，你考了100分，你应该会说一声谢谢，表扬你的时候你应该也说一声谢谢。当然，批评你的时候说一声谢谢，是因为别人指导了你，帮助你改正了错误，虽然你被批评了，但你说了谢谢，也是好孩子。

感觉家族中，还有一个叫作"谦虚"。"谦虚"的身体黄黄的，由一个个小金点组成，每次人家表扬她了，她都会说一声谢谢，还会回那个人一个微笑。

蕾奥娜是一个小女孩，是班里的优等生，只不过蕾奥娜很骄傲，考了100分她就会说"我很了不起""对我来说太简单了"这些话。大家都不和她做朋友了，蕾奥娜觉得很奇怪，我又没做错事，你们为什么不和我玩了呢？她心想。

这次蕾奥娜又考了100分，同桌美妮向她请教问题时，她连吭都不吭一声。美妮很不高兴，就说："你这不是真正的100分，会帮助别人、有爱心并且纪律好、成绩又好的，才是真正的100分。"蕾奥娜很不高兴，她只"呋"了一声就不理美妮了。美妮就去找别的人请教问题了。

又一次数学考试，蕾奥娜仍然是100分，她发现美妮有一道题不会做，就说："美妮，我来教你做这道题目吧。"美妮摇摇头，说："不用了，谢谢。"美妮自己去找苏菲问题目了。

苏菲这次也是100分，蕾奥娜怕苏菲抢了她的位置，就对美妮说："你觉得我和苏菲，谁才是你心目中的100

分？"美妮想都没想，就说："苏菲。""就是因为苏菲教你题目，我不教你吗？"蕾奥娜很不高兴。"你是骄傲自大的100分，苏菲是助人为乐的100分。"美妮回答说。

第二天，考的是语文。蕾奥娜因为骄傲自大，只考了90分，苏菲仍然是100分。蕾奥娜有一道题目不会做，只能害羞地去找苏菲。苏菲看见蕾奥娜来向她请教题目，觉得很奇怪，就说："你不是每次都能考到100分吗？为什么这次只考了90分呢？"蕾奥娜用本子把自己的脸遮起来，喃喃自语道："虚心使人进步，骄傲使人落后。"苏菲听懂了这句话背后的意思，知道蕾奥娜因为骄傲自大没有考到100分，就认真地为她讲解，蕾奥娜明白了这道题的意思。讲完后，她对苏菲说了一声"谢谢"。

这是蕾奥娜第一次说"谢谢"，她说完后感到心里忽然舒服了很多，慢慢地觉得不害羞了，就把本子拿了下来。

第二天考试，蕾奥娜果然又考了100分，美妮也考了100分，苏菲就更不用说了。蕾奥娜和美妮、苏菲成了好朋友，她们就这样一直考着100分，一直快乐地生活着。

2015年11月26日

小公主莉莉

　　小公主莉莉是一个非凡的女孩，聪明、美丽、心灵手巧，也是一个爱臭美的女孩。在故事中，我们就叫她莉莉吧。其实莉莉大名不叫莉莉，这个名字是一个特别的名字，保密的名字，这是莉莉跟我说的哦。但是已经说了这是个保密的名字，我猜你对"保密"这两个字一定很感兴趣，我不说你一定不肯罢休的，还是跟你说说这个大名吧。

　　莉莉的真名叫莉姬尔·贝蒂拉，小名莉莉。最好不要叫她莉姬尔，她听了会生气的。我讲得太啰唆了，反正我们就叫她莉莉吧。

　　莉莉原先只是一个平凡的女孩，不知道怎么当上公主的。

　　那还是很久很久以前的事啦。莉莉是十五世纪的公主。十五世纪离现在非常遥远，在那时候的俄罗斯，有一个城市，叫作贝普尔特，那个地方非常漂亮，只不过房子有点少。莉莉就住在那个时候的俄罗斯的贝普尔特的城堡里。我，别以为我是作者，我不是作者，我是一位隐身人。这个故事不是我编的，偷偷地告诉你，这是贝壳姥姥告诉我的传说。她小时候就崇拜着莉莉这个形象，贝普尔特也只是里面的一个城市背景。贝壳姥姥是一个极为有趣的人物，为什么称她为贝壳？因为她的名字和贝壳的发音相似。贝壳姥姥的大名叫作贝蒂·洛弗兹，"贝壳"是我给她取的外号，她不怎么喜欢这个外号。我也长大了，现在21岁，贝壳姥姥就在我8岁那一年，给我讲了莉莉的故事。

那是一个漆黑的晚上，还下着雨，刮着风。我因害怕而大哭大叫，贝壳姥姥为了安慰我，打开了手电，她闭着眼睛，好像在美好的环境中似的。我也闭起眼睛，感觉有千万蝴蝶在我身边飞过。

贝壳姥姥就讲了那个莉莉的故事。她讲了5个，我现在是名记者，大学生记者，我喜欢记录贝壳姥姥的故事。她讲的那5个故事，我只记住了4个，最后一个我忘了。贝壳姥姥已经74岁了，路也走不动了。我试着设计过莉莉这个动画形象。画中的莉莉是多么出神，我看着看着都觉得自己飞到画里去了，和莉莉一起拉着手跳舞。我喜欢极了贝壳姥姥的故事，我想让大家知道小公主莉莉的故事。

故事开始了。

小公主莉莉住在一个海港里，她的爸爸很早就过逝了，妈妈是位裁缝，叫姆特，做过很多漂亮的衣服。莉莉也心灵手巧，她从她妈妈那儿学会做衣服。她的妈妈做的衣服很漂亮，经常叫莉莉拿着这些衣服去送给贫民家的小孩。

　　莉莉很热心，有的时候还问妈妈能不能带多一点的衣服，她有时还会带一点自己的压岁钱去送给他们，还拿一些零食、布娃娃去送给他们。她和他们成了好朋友。

　　莉莉还会把学到的知识教给他们，讲一些故事给他们听，教他们织绣、耕地、放牛、喂鸡喂鸭、打扫地板这些事。

　　国王乔伊很欣赏姆特的做法，就和姆特结了婚。我们的莉莉也就成了公主。莉莉因为是海港的平民孩子，不知道皇宫的礼仪，她还不会做拉起裙子的动作。皇宫里住着很多公主，她们说话都口音标准，很动听。而莉莉，我们可爱的莉姬尔一句话都说不标准。

　　莉莉在宫殿里结识了几个好朋友，都是尊贵的公主。第一个就是整个俄罗斯的公主，她住在贝普尔特，名字叫娜塔莉，是一名5岁的公主。她穿得可奢华了，头上戴了朵莲花，衣服是粉红色的，还有白色的毛绒球花边，穿着可爱的紫色蓬蓬裙，踩着粉红色的高跟鞋，戴着白色的手套，扎着披肩长发，金黄的头发非常漂亮。第二位是温顺的公主，是俄罗斯城市廖廖希的公主，廖廖希是一个小国，所以这位公主喜欢住在像贝普尔特这样大的城市里。这位公主的名字叫作贝拉，长得高高瘦瘦，像个非洲人，咖啡色的头发，穿着蓝色的连衣裙，戴着白色的手套，穿着黑色的小皮鞋，可爱极了，手里还拿了一把日本的扇子。第三位是美丽的公主卡尔扎，是俄罗斯城市丹尼尔的公主，这位公主可爱极了，是莉莉的死党，穿着黑色的裙子，白色的连裤袜，红色的皮鞋，白色的手套，手上还抱了一个玩具熊。

莉莉也换上了新装。莉莉有一头红头发，扎着两根麻花辫，可可爱了。有的时候只扎一根，也很漂亮。脸上还有橙色的可爱小麻子，穿着粉色的裙子、白色的披风、白色的手套、绿色的鞋子，手里拿着一个红色的球球，这就是我们可爱的莉莉。

马上就要开睡衣派对了，娜塔莉非常兴奋，贝拉也很兴奋，卡尔扎就更不用说了，大家都在缝制自己最漂亮的衣服。莉莉也很想做出最漂亮的衣服，幸好她学过魔法，她就像一个小女巫。她拿出粉色的魔法棒，在空中挥了挥，两只小鸟飞进来了，两只都是白色的鸽子，代表纯洁。它们把布摊平，一针一针地把它变成一条非常漂亮的紫色连衣裙，上面还有一条宽松的腰带，腰带上绣着一朵玫瑰。今晚就是睡衣派对了。莉莉把这条紫色连衣裙穿在身上，扎一条麻花辫，她满意极了。照了照镜子，然后把唇膏放在口袋里，抱起自己的小猫就出门了。

大家都来到睡衣派对的现场。"你的衣服真漂亮！"娜塔莉对莉莉说。娜塔莉穿的是一条蓝色的普通睡衣，一双紫色的凉鞋，她还戴着橙色和绿色相间的睡帽。贝拉穿着红色的睡衣，上面有一朵芙蓉，她还穿着毛茸茸的拖鞋，披散着头发。卡尔扎呢，穿着纯洁的白色的睡衣，上面有一只大雁。

　　大家都准备好了，一起来到王宫后花园的阳台，睡衣派对就在这儿举行。睡衣派对开始了。首先是跳探戈舞。莉莉和卡尔扎、贝拉和娜塔莉一起跳了起来。"探戈探戈我最棒。"跳探戈的音乐响了起来。

　　　　　　　　　　　　　　　　　2015 年 9 月 25 日

长发女孩

安妮卡琳娜是一个小女孩，和别的孩子不同的是，她的妈妈是天使。所以，安妮卡琳娜有一对翅膀，她喜欢飞到蓝天上和太阳对话。安妮卡琳娜觉得自己是世界上最幸福的孩子，她做什么事情都不觉得疲劳。

现在已经是晚上了，安妮卡琳娜还坐在电视机前，看一个关于怎么样穿裙子的节目，眼睛一动不动，"你已经看了半个小时了，安妮卡琳娜，快来洗澡了，你明天还有重大任务呢！"安妮卡琳娜的妈妈艾莎对她说。

安妮卡琳娜一点动静都没有，她又看了十分钟，才关掉电视机。"我来洗澡啦！"她大喊道。来到浴室前，安妮卡琳娜看到妈妈噘着嘴等在门口，看起来已经很不高兴了，安妮卡琳娜笑了笑，就脱掉衣服洗澡了。

夜晚很安静，除了几声鸟叫。安妮卡琳娜听着爸爸讲的故事，不知不觉睡着了。

半夜下起了大雨，电闪雷鸣。

第二天，天气有点潮湿，有小麻雀的叫声和早晨泥土的芳香。安妮卡琳娜掀开被子，"天哪，这让我怎么起飞！"

她看了看外面，吃惊地说。她听见了雨在滴答滴答地落，她坐了起来，又看了一次，还是在下雨。她揉了揉眼睛，又看了一次，眉毛垂了下来。"哎哟！"她突然被长长的头发绊了一脚，"怎么了？"她的妈妈听见动静，慌慌张张地打开门问。"天气还是很潮湿，这让我怎么起飞呀？"安妮卡琳娜说。

"为什么就不能明天起飞呢？"妈妈问。

"我们的老师说过，在天使十岁生日的那一天起飞是最好的，今天就是我的生日。所以我要找一个地方去修行。"安妮卡琳娜解释道。

"那随你的便，反正天气会晴起来的。"妈妈说。

安妮卡琳娜挑了一条白色的纱裙，"修行穿这个应该不错。"她想，"妈妈会大吃一惊的，她一定会说我很漂亮。"安妮卡琳娜把头发扎得漂漂亮亮的，还在上面夹了很多金光闪闪的发夹。鞋柜里有许多双漂亮的鞋子，安妮卡琳娜挑不好，她喜欢那双红的，又喜欢那双玻璃闪光的，还喜欢那双紫色的毛绒靴。"让妈妈决定吧！"她忽然想到了一个妙主意。

她来到客厅里，妈妈正在收银台那里工作。有一个老奶奶来买了一包薯片，"不用谢，夫人，欢迎下次光临哦。"安妮卡琳娜听到妈妈热情地招呼道。

"妈妈，你觉得我应该穿哪一双鞋子啊？"安妮卡琳娜蹦蹦跳跳地走进去。"天哪，我这是看到了什么？"妈妈说。安妮卡琳娜以为妈妈会说，"多可爱的小美女啊"。可妈妈却说的是，"这是在过节吗？你是去修行的，怎么穿得这么花花绿绿？我给你换件衣服吧，这件黑的怎么样？"妈妈拿出一件黑色的T恤衫，又拿出一条灰色的裙子。"怎么穿得这么破？"安妮卡琳娜反驳说。

妈妈不大高兴了，"反正修行是你自己的事，我只是一个建议嘛！你想穿哪件就穿哪件！"妈妈皱着眉头说。

安妮卡琳娜只能穿这个了，她不喜欢看到妈妈生气，只好换上黑色的T恤衫和灰裙子。"这样可以了吧？"安妮卡琳娜对妈妈说。"也不行！头发可不能披在地上呀！我来帮你梳梳吧，保证更漂亮。"安妮卡琳娜相信了妈妈，妈妈把她的头发弄成了卷发。

到了要起飞的时间了，安妮卡琳娜的朋友们送了礼物和卡片给她。晚上十点，安妮卡琳娜张开双臂，飞了起来。"再见！安妮卡琳娜，我们会给你写信的。""再见，祝你好运！""再见，希望你能找到好的住处。"大家你一言我一语地说。

安妮卡琳娜飞了一会，飞累了，就说："多吉，快来帮帮我。"一朵彩云飘了过来。"我飞累了，你来代我吧。"安妮卡琳娜不客气地说。

　　彩云立刻飞到安妮卡琳娜的下面，安妮卡琳娜就躺在云上打盹。她的小天马走了过来，舔了舔她的手指。"怎么了？"安妮卡琳娜被吵醒了。"快看，安妮卡琳娜。"她的小天马滴滴说。安妮卡琳娜看了看天马滴滴指的地方，"天哪，好漂亮的城市，我好想住在那儿呀！"安妮卡琳娜兴奋地叫道。她飞了过去，飞到了港口，有几艘船准备起航，海港上有一块橙色的牌子，上面写着几个字——佛里维达。

　　安妮卡琳娜走进了一条街，"天哪！"她突然发现大街中间有一条河，上面飘满了小船。我飞过去吧，安妮卡琳娜心想。

　　安妮卡琳娜有些饿了，便走进了一家甜品咖啡店，几个员工正在做面包，给客人送咖啡。安妮卡琳娜也想留在这里工作。"您要买什么？"一个店员问她。安妮卡琳娜看了看柜台，她看到了自己永远都不能拒绝的蜗牛面包。可蜗牛面包要11块，摸摸口袋，什么11块，自己连一毛钱都没有。安妮卡琳娜脸红了，她不好意思地说："我想买蜗牛面包，可我忘记带钱了。阿姨，您说我怎么办啊？还有，我好想也在这里当员工呀！"阿姨笑了一笑，说："我有事要和你谈。"阿姨带安妮卡琳娜来到一个开着暖空调的房间里，"给你吃吧！"阿姨给了安妮卡琳娜一个蜗牛面包。

"谢谢阿姨！"安妮卡琳娜非常地高兴。在这个陌生的城市还有人会关心自己，她感到非常满足。

树小人

　　春风拂过，燕子唧唧地叫着，一片阳光照进森林里，小河欢快地流淌着。在这片森林里还有一栋房子，里面住着阿莉和她的爸爸妈妈。

　　忽然，阳光消隐不见了，一声雷响，下起了雷阵雨。在树上，凯拉在帮她的妈妈收衣服。"我很喜欢收衣服。"凯拉告诉妈妈。"我有点累了，能去休息一下吗？"妈妈问。"没事的，去吧。"凯拉说。妈妈进了树屋，凯拉把衣服收进了篮筐，她跳下了楼梯，也走进了树屋。凯拉把衣服折叠好，放进了衣柜。

　　她回到房间里，打开床头柜的抽屉，里面放着她新做好的木头小船，她拿出来。又打开妈妈房间的门，看见妈妈正在呼呼大睡，凯拉放心了。

　　她从门那边跑了出去，来到池塘边。雨变小了，她把木头小船放在水上，自己也坐在了船上。她把鞋子脱了，把脚伸进水里，她试了一遍，水可真冷啊，她嗖的一下把脚收了上来。有几条红色的大金鱼从她身边游过，溅起一片水花，溅到了凯拉的身上。凯拉笑了起来。

这时，传来了妈妈的叫声："喂，凯拉，你在干什么啊？"妈妈从楼梯上走了下来。

"我在玩小船漂流的游戏。"凯拉回答。

"被伐木工看见了怎么办？"妈妈问。

"我当然不怕，人类没什么好怕的。"

妈妈二话不说，一把拉过凯拉。原来她看见阿莉正在河边玩樱花十四瓣的游戏。"你就不怕被那小女孩看见啦？"妈妈又问。

"我可不怕。"凯拉说。

"你给我小心点，我先回去了。"妈妈说。

"哦。"凯拉说。

凯拉盯着阿莉，她很想和阿莉做朋友。可妈妈说了，不能和阿莉做朋友。但凯拉还是跑到了河对面，她看着阿莉，似乎觉得她很新鲜。阿莉似乎也看到了凯拉，但她没有看清楚。"这是什么？"阿莉问自己。

凯拉迅速跑开了，她跑进了水管，水管一直通着树的心，凯拉抓到一根柳树藤，坐了上去。这时，螳螂跑了过来，凯拉把线收好，那根她坐着的柳树藤升高了，螳螂没有追到凯拉，它跳了起来。"呵呵！"凯拉笑了，她向螳螂挥挥手，柳树藤升到顶了。凯拉跨上了陆地，她敲了敲门，妈妈开了门，说："你终于回来了。"

"我发现了一件事。"凯拉说，"阿莉是一个好姑娘。"

听到这儿，妈妈锁紧了眉头："你能不能别谈那小姑娘了，她很危险。"

"她没有伤害我。"凯拉生气了。

这时，爸爸从门外走了进来。"你们在吵什么？"他问。

"她想和阿莉做朋友。"妈妈说。

"阿莉，做朋友？"爸爸似乎听不明白。

"就是她想和人类小孩做朋友。"妈妈说。

"就是这回事吗？"爸爸问。

"是的。"妈妈说。

"我觉得没什么关系。"爸爸点了点头说。

"你就真这么放心？她毕竟只是十岁的小孩。"妈妈似乎觉得这件事情非常的危险。

"不，不危险。"爸爸说。

"求你了。"凯拉对妈妈说。

妈妈知道，凯拉一有什么兴奋的事情都会这么做，自己的意见丈夫听不进去，于是对丈夫说："那，那就麻烦你照顾一下她了。"

爸爸点了点头。

"我今晚就能去吗？"凯拉问。

"去干什么？"爸爸笑了。

"去和阿莉做朋友。"凯拉说，她流露出了那种深情的眼神，好像很想和阿莉做朋友。

"可以。"爸爸说。

"你，你真这么放心？"妈妈说。

爸爸看了她一眼："不，不，没关系。"

"我去换衣服。"凯拉说。凯拉真的很兴奋，今天晚上真的可以和阿莉做朋友了。她从衣柜里找出四套衣服，中意其中一件多口袋的衣服，把它穿在了身上。"再见！"凯拉出了门。

2015年10月5日

艺术夏令营的四个孩子

　　我叫玛莉姬，八岁那年暑假，我参加了天堂般的艺术夏令营，老师叫迪·卡夫卡，只要叫她卡夫卡老师就行了。我还认识了夏令营的三个小伙伴，其实这个夏令营除了老师和我，就只剩这三个人了，我不得不和她们做朋友，一个叫莉卡，一个叫艾丽，还有一个叫马艾。

　　她们都是我的朋友，只不过艾丽的感情有点欠缺。艾丽是个戴眼镜的小女生，她有些内向，不喜欢跟人说话，也不大喜欢艺术。她在班里没有朋友，只喜欢一个人跟天空玩，一个人跟草坪玩。她的文章写得很不错，艾丽喜欢随笔，不喜欢和我们那样画画，只喜欢一个人躲在角落里写诗和小说。艾丽还是一个腼腆的小女孩，总喜欢躲在一边，不喜欢和别的小孩子玩。有的时候有人说了什么笑话，她把嘴翘一翘，就算笑了。艾丽还是一个爱哭鬼，谁碰了她一下，她就会哭，只不过她很文静，普通话有时说不标准。

　　到了夏令营，最早向艾丽伸出"橄榄枝"的是莉卡，她俩的成绩都很好，她们都想去上高级班，我不想上高级班，初级班上上已经够了。莉卡告诉我们，高级班的人都可以像大人一样工作，老师还同意她们去购物，她们每人都有一个特别大的房间，她们还可以浇种阳台上的每一盆花。

"我们有宿舍已经够了。"我告诉莉卡。莉卡想随心所欲，嘟囔了一声，和她的爱哭鬼朋友一起走了。

我最好的朋友是马艾，马艾宽宏大量，还很喜欢助人为乐。她可是个阳光女孩，她喜欢细心照顾每一盆阳台上的花，点亮每一个角落，她在哪里，哪里就有欢乐。她是个乐天派，每一天都能听到她大声地笑，她似乎从来都没有哭过，就算接生婆拍打她的脚掌，她都没有哭，至少我是这么认为的。

今天艾丽又哭鼻子了，就因为她没有考到100分，自己不好好学习嘛，哭鼻子有什么用？这天晚上，我做了一个奇怪的梦，梦见我坐在彩虹滑滑梯上，不停地滑不停地滑。第二天，我似乎有了什么感觉，总想要把它写下来，我就去找"小诗人"艾丽。我把我昨天做的梦讲给她听，请她帮我写下来。艾丽拿出一张纸，仔细思考，就在上面写下了一段话，"读一读。"她对我说。

我读了读："我来到了梦幻世界，很想坐彩虹滑滑梯，就去售票处排队。等到我滑的时候，好像底下是一个漩涡，不停地滑不停地滑。"

"写得真好！"我夸艾丽道。艾丽对我笑了，我从没看见过艾丽笑得那么灿烂，我也笑了。

　　傍晚的时候，晚自修看不见莉卡。因为莉卡发烧了，就被接走了。

　　晚自修时我们来了一个画画比赛，画自己的同桌。我的同桌是马艾，刚要画时，艾丽就举手了。

　　"什么事，艾丽？"卡夫卡老师问。

　　"我的同桌莉卡不在，应该怎么做？"艾丽问。

　　"我来当你的同桌，我画你，你画我。"卡夫卡老师想了想说。

　　我画的是马艾，因为马艾是黑人，我把她的皮肤涂成了咖啡色，她穿着蓝色的裙子，像一只蝴蝶在画纸上翩翩起舞，我立刻举起了手。

　　"有什么事，亲爱的？"卡夫卡老师问。

　　"我画完了。"我说。

　　"大家都画完了，我们上来评比。"卡夫卡老师说。

　　我偷偷瞄了一眼马艾，看她画得怎么样。她把我画成了一个天使，头戴花环，穿着粉色又镶着花边的纱裙，我还长出了一对翅膀，红发在太阳底下闪耀着金光。"你漏画了我头上的蝴蝶结。"我提醒她说。

　　她连忙把花环擦了，画上了蝴蝶结，我才对她微笑了。

　　"我请第一个画好的玛莉姬来展示她的同桌。"卡夫卡老师说。

　　我骄傲地上去了。"这是我的同桌马艾，她是一名撒哈拉女孩，我画的是她在非洲的大草原上跳舞。谢谢大家！"
我鞠了躬，就下来了。

"请艾丽上来。"卡夫卡老师说。

艾丽又画出了什么好画了？艾丽说："这是我的同桌
卡夫卡老师，她年纪有些大了，是一名有爱心的老师，助
人为乐是她的优点；她懂得什么时候做什么，什么时候不
做什么，这是很珍贵的。谢谢大家！"艾丽鞠了躬。

"现在我请马艾上来。"卡夫卡老师说。

"这是我的同桌玛莉姬，她是一名混血小女孩，热情友
爱，还聪明。她的歌声如百灵鸟一般，她的舞蹈就更不用
说了。她还是个热心肠的小朋友，我橡皮找不到了，还没
问她借，她就已经把橡皮放在我身边了。谢谢大家！"马
艾下去了。

"现在由我来介绍艾丽。"卡夫卡老师说，"艾丽，你
是一个文静的女生，你语文很好，数学也一样，作文写得
又棒。你要好好努力，学习让人进步，骄傲使人退步。我
希望你有美好的明天。谢谢大家！"教室里响起一片掌声。

"写得太好了！不愧是卡夫卡老师啊。"艾丽大叫。我
突然觉得这不是以前的艾丽了，这是外向的艾丽。可是，
马艾却在底下喝倒彩，她认为这篇文章写得很傻。卡夫卡
老师听见了，便说："马艾，我要跟你讲一首诗，人心齐，
泰山移，人多计谋广，柴多火焰高，树多成林不怕风，线

多千绳挑千金，一花独放不是春，百花齐放春满园。"马艾似乎听懂了什么，不由地点了点头，慢慢地，脸变得很红很红。

"马艾，你怎么了？"卡夫卡老师觉得不太对劲，"身体不舒服吗？"

马艾什么都没说，她晕倒了。很快，急救车就来了，我最好的朋友去了医院。

第二天，莉卡来上学了。卡夫卡老师带领我们去住院部看马艾，我为马艾准备了贺卡。进去后看见，马艾正在挂盐水，脸色苍白。

"你得了什么病？"我急忙问。

"我们不能和马艾说话，她很累。"卡夫卡老师提醒我。

"马艾，我的朋友。"我不听，还是继续说，马艾似乎睡着了。"你醒醒呀。"我似乎要哭了。

卡夫卡老师的脸也变得通红，她好像要晕倒了。我连忙跑过去扶住她。"不能晕倒啊，卡夫卡老师，没有了你，我们就不能上课了。"莉卡和艾丽抱成一团，似乎很伤心。

卡夫卡老师被一个担架抬走了，她也得了奇怪的病。这下可好了，没有人给我们上课了。爱哭鬼艾丽早已哭得"面目全非"了。莉卡不停地安慰她的朋友艾丽，虽然莉卡自己也很想哭，但她记得是自己先向朋友伸出橄榄枝的。我不停地安慰大家，准备帮大家上课。大家都不怎么相信我能上得好课。

但我做得很好，上一节大家就喝彩一节。我当上了小老师，心里有些骄傲，但我想到了卡夫卡老师说的那句话，"虚心使人进步，骄傲使人落后"，还是努力让自己没有得意地笑出来。

校长送给我一块金牌，说她真的很感动，老师不在，我还可以替她上课。马上，校园微讯和校园报刊亭上就多了我的名字。我成了校园中的小明星，觉得很自豪。小记者们都围着我，问我问题，我都有些不好意思回答了。小记者们把她们写的文章编成了一本杂志，寄给了我，名字叫作"校园一号报刊"。很快，我的名字在蝴蝶区的学校传遍了。我成了他们的好榜样，成了小雷锋。

卡夫卡老师回来后，感动得都哭了。

2015年11月17日

三年级

气球漂流记

我叫小皮，是一个刚刚被做好的红色小气球。

一直到晚上，我还没有被喜欢我的小朋友买走，所以我决定开溜。

我挣扎，离开了我的兄弟姐妹，漂往大海，越过山川，经过十天的奔波，我来到了杭州。钱塘江的风很大，我被风送往江边的一个小区，落到了一个小女孩手里。

这个小女孩住在顶楼，她的床上有一片叶子，我很喜欢这个新的家庭。

（江边散步，路边树枝上缠着的一只气球，引出了父女同题创作的故事）

2017年2月13日

这就是我

嗨，我叫祝悠行，我是世界上独一无二的人！那要感谢爸爸给我取了这个特别的好名字，这个名字出自一本古书中的"君子攸行"，爸爸希望我能做君子那样品德高尚的人，就叫我"攸行"，妈妈又给我加了个心字底，她说君子心灵也要美好。

长大后的我却并非如此，全家人都生活在我的"折磨"之下。我喜欢藏起爸爸的眼镜，让他摇摇晃晃摸不着路；我喜欢在妈妈睡觉时扯着嗓子说鬼故事；还喜欢让弟弟看我吃巧克力。总之，全家人都这么说我："长不大的疯丫头！"确实，我比村子里的小孩都野。

别看我平时野，我静下来阅读时，就跟不出声的娃娃一个样。只要我找到喜欢的图书，我就会抛开一切，那些看似乏味的文字好像被施了魔法，在我眼里呈现出一个个美妙的故事。我好像也随着精彩的内容进入了故事画面，每一个情节都让我流连忘返。我看着看着，就忘记了时间，爸爸叫我吃饭，我都没当回事，我觉得读好书比吃饭更有味道。

　　这不，"中国诗词大会"开始了，我顿时变成了一只活蹦乱跳的"青蛙"，跳到沙发上，大声喝彩。电视里的比赛时而紧张，时而轻松，我目不转睛，觉得十分过瘾，站在沙发上跳来跳去。闭上眼睛，脑海里飘过一句句透着才华的诗句，每一句都让我感觉很美。

　　这就是我，一个有时疯疯癫癫、有时安安静静的女孩，你，想跟我做朋友吗？

迎春花

这天阳光明媚，我和爸爸到湖边寻找春光，我们看到了迎春花。

迎春花是淡黄色的，挂在藤蔓上，好像一个个黄色的小灯笼在风中舞动，好看极了。就像一幅风景画，绿色的藤蔓在微风中飘动，迎春花则是画上精致的点缀。

迎春花有不同的样子，我特别喜欢五片花瓣的。五片花瓣的迎春花，像小风车一样，如果风大的话，花瓣会微微转动，远远望去，说不定真有人会把它当成迷你风车呢。

我顿时觉得自己好像是一朵迎春花，在微风中轻轻摇摆，小燕子飞来告诉我南方的风景，小草从地下探出头来，问我春天来了吗？

万紫千红的春天固然美丽，但是淡雅的迎春花带来的春天的消息，更让人惊喜。古人云："浓绿万枝红一点，动人春色不须多。"只要愿意去感受，春天，就在你的心里。

做豌豆饭

　　今天是五一劳动节，爸爸说他要做美味可口的豌豆饭。我也跃跃欲试，决定来一起做饭。

　　爸爸一看有帮手了，便像指挥官一样指挥我道："帮我把豌豆剥好洗好吧。"我只好坐下，卖力地剥起豆子来。豌豆荚像小舟，豌豆就变成了里面晶莹剔透的珍珠，闻上去有一股清香，真诱人啊！剥了好一会儿，总算装满了一碗。我把它们放进水里，洗了一遍又一遍，豌豆在水里没有了任何瑕疵，亮晶晶的，一定是洗干净了。

　　我把它们交给爸爸，爸爸审视后说干净了，我们做饭吧。爸爸把他刚淘好的米放进电饭煲，又把火腿递给我："切了给我！"我以前切番茄切到过手，所以我得特别小心才行。我小心翼翼地用刀把肉一片片割下来，手不时地颤抖着。总算成功了！爸爸把切好的火腿倒进锅里，煎了一会儿，香味就扑鼻而来。我把它端出来，偷偷咬了一口，香，爽，赞，太好吃了！等爸爸把竹笋烧好后，我们就把这些材料放进饭里，大功告成喽！

　　我尝了一口，自己做的果真最好吃，说不出的好滋味，劳动果然让我锻炼了不少呢。

我想变成图书管理员

我想变成管理图书的知识渊博的老人，远离喧嚣。我的家在远远的山坡上，那是一座教堂图书馆。

有一天我起了床，我竟发现我睡在"飞书毯"上，"飞书毯"在著作书架上飞来飞去，著作书架上的书，抖抖灰尘，也跟随着"飞书毯"。它们带我穿梭了片刻，就从窗户飞到了原野上一棵长着书的树上，书架上的书停在我手上。一本食谱书翻到其中的一页："尊敬的主人，你想吃什么？"我淡淡一笑："这么多吃的，还是书最好吃。"

夕阳西下，我的书们已经睡着了，我轻轻抚摸着熟睡的书，就像哄睡婴儿一样。突然，门外有声音，我走到门口打开门。外面下着毛毛细雨，一个小姑娘坐在路灯下看书，一个珠光宝气的女人对小姑娘说："书呆子，还不快去刷马桶！"后面站着一个衣着华丽的胖女孩，咯咯地笑，她手里捧着一个礼物盒子。对呀，明天就是圣诞节了，那个爱书的女孩还没有礼物。她叫格雷塔，因为父母双双患病，所以被卖到邻居奥薇夫人家当仆人。

第二天，她又早起偷偷看书。我拿着一本获得过诺贝尔文学奖的书走到她面前，递给她，"圣诞快乐，也保佑你父母健康。"小姑娘说："谢谢你，老奶奶。"她单薄的背影消失在了雪地上。

是的，图书管理员要爱书，还要用书来帮助他人。

矮人村

从前，在一片郁郁葱葱的森林的深处，有一个谁也不知道的小村庄——矮人村。矮人住的屋子都长在千年古树"迪克森"毒树上，他们性格暴躁，酷爱打斗。

矮人个个都长得一样，戴着土黄色的飞行帽，胡子一把，穿着宽松的松鼠皮马甲和蛇皮皮带，一条蚕丝毛裤已穿得破破烂烂了，显得邋遢极了。矮人们信奉"矮人之母"玛格丽娅。每到"拉诺节"，他们就喝格芬酒（其实平时也喝），这是一种由龙爪菜叶和苦瓜糊糊制成的酒，味道极苦辣，所以矮人们常年待在屋里，脾气暴躁如牛。

可是这天，矮人们格外兴奋。矮人村的美食节到了，他们早就厌烦了格芬酒的烈味。今天能吃到美味佳肴，别提有多棒了。派对上，各国的美味都端上桌来，有鼻涕国的招牌"鼻涕豆腐包"，火焰国的超级麻辣火焰鱼火锅，冰雪国的南极大冰砖和戈壁国的尘土补丁、尘土沙拉。矮人们大开眼界，忙着吃起来。

这引来了坏蛋矮人道道狗不理包子，他起了坏心：我要偷些吃的。于是他扮成了村长道道格混了进去。他试图靠近餐桌，把食物偷偷放进口袋，被道道文发现了。道道文又告诉道道琪。这样，全村的人都发现这个"村长"不对劲，就议论了起来。

道道狗不理包子急了，大声说："我是道道狗不理包子，我，我太想参加了。"

矮人们对视了一会儿，说："你参加吧。"

大家又欢欢喜喜地开始了派对。

胜日寻芳

今天，春风细细，我和爸爸妈妈到浦阳江边散步。爱玩"飞花令"的新新人类——我，想到了一个好主意：一边欣赏春天的美景，一边玩现场版"飞花令"，用一句恰当的诗句来描写眼前的景物。

走着走着，我们看到前面有一大片嫩绿的柳树。我脱口而出："碧玉妆成一树高，万条垂下绿丝绦。"爸爸也不甘示弱："诗家清景在新春，绿柳才黄半未匀。"我俩谁也不服谁。继续往前走，一树艳丽的海棠花夺人眼球。我得意扬扬地说："乱花渐欲迷人眼。"爸爸夸道："不错，我也有一句，千朵万朵压枝低。"

走得热了，我把外套脱了下来，露出一件浅黄色的毛衣。这时，前面出现了一片油菜花田，我激动地飞奔过去，跑进金黄的花海里，油菜花和衣服的颜色融为一体，爸爸妈妈好半天才找到我。妈妈说："我也来一句，这叫'飞入菜花无处寻'。"大家都笑得前仰后合。

胜日寻芳浦阳江，一路走来一路诗。虽然有点累，但有满满的收获，我爱春天，也更爱美丽的古诗了！

2017年5月17日

我家的"诗词大会"

　　这天，我躺在沙发上看"中国诗词大会"的回放，镜头里，冠军武亦姝得到了许多称赞和掌声。妈妈说，网上武亦姝的粉丝数不胜数，"要是我能拿冠军，我就叫'祝英台'好了。"我羡慕地想。

　　老爸是绝佳的诗词比赛对象，他擅长玩飞花令。于是，妈妈出题，飞"月"字。我先说："杨柳岸，晓风残月。"爸爸也不客气，马上回我一句："月下飞天镜，云生结海楼。"很快过了几个回合，我开始想不出来了，心里十分复杂，一方面绞尽脑汁想不出诗词，另一方面侥幸地想，时间足够再玩一会儿吧。妈妈提醒我只有十秒了。我脑海中好像什么都没有了，就在前几秒钟，我的脑海饱满极了，可现在我的积累全消失了。

　　这时，外婆走来放声大唱："月亮圆圆在呀在半天哟。"大家都笑了，我又侥幸加了一分。到爸爸了，他也想不出来了，只见他眉毛一上一下，嘴巴紧抿着，双手交错着，看得出，情况不妙。就在时间刚到的一秒，爸爸说出了一句好诗，可惜时间到了。我赢了爸爸！

"世上无难事，只要肯登攀"，只要我持之以恒，坚持读古诗词，不断提高自己的水平，总有一天，我能登上冠军的舞台。

我家的"滨江"诗词大会

——《滨江印象》读后感

　　最近我在读《滨江印象》这本书。一拿到书，我就爱不释手，每一幅图、每一段文字我都不放过。一天晚上，读到古代诗人们写滨江的诗句，我不禁读出声来："春水满湖芦苇青，鲤鱼吹浪水风醒。"

　　在一边看报纸的爸爸抬头问我："你读的是什么诗啊，怎么那么美？"我得意地说："这是萨都剌（cì）写白马湖的诗，是不是很宁静很浪漫呀？"爸爸说："的确很美，不过作者应该叫萨都剌（là）吧！"

　　我很不服气，爱看中国诗词大会的我马上提议，全家来一次有关"滨江"的诗词大会。爸爸立刻应和："好啊，要不以'滨'和'江'二字来玩飞花令吧？"

　　爸爸先来："大江东去，浪淘尽，千古风流人物。"我问："这和滨江有什么关系？"爸爸慢条斯理地说："滨江这片土地已经有几千年历史了，这里发生了很多历史故事呢，曾经的滨江是吴国和越国交界的地方，也可以说是'国际滨'，吴越两国在这里打仗，越国失败了，你不是读过越王勾践卧薪尝胆的故事吗？滨江就是勾践当年回国和送西施去吴国的地方。"我想起《滨江印象》里写到的越国战败的越城山和西施当年在白马湖边化妆的地方，老爸可真博学啊！

正当我要为老爸鼓掌时，老妈开腔了："你爸太落伍了，现在的滨江才值得赞美呢，我来一句，'江山代有才人出，各领风骚数百年。'现在的滨江汇聚了世界各地的人才，是一个有着大智慧的创意创新之城，这里举办了举世瞩目的G20峰会，这里有白马湖国际动漫节，奥体'莲花碗'将迎来亚洲各国运动员的盛大聚会，阿里巴巴、海康威视等创新企业充满创造活力，这才是真正的'国际滨'呢！"

老妈不愧为科技工作者，她说的这些，我在书里也见识了不少。轮到我了，我沉思片刻，说："胜日寻芳'未来滨'，无边光景一时新……"老爸打断我说："是'泗水滨'吧？"我笑嘻嘻地说："这是我的创造啊，现在科技这么发达，未来的滨江一定比现在更美好，上次学校科技节，我看到了会跳舞的机器人，我想等我长大了，我可以和机器人一起开开心心去'未来滨'找好看好玩的！"

爸爸说："滨江的确是一个充满活力的地方，将来的滨江一定超乎想象！"

在一边玩积木的弟弟突然开口了："'国际滨''未

来滨'，怎么没有'宝宝滨'呀？"我抱起弟弟，对他说："有'宝宝滨'的，滨江如果是一个家，我们就是她的宝呀！"

一家人在暖暖的灯光下，都笑了起来。

仁字巷里的童年在生长

——读《童眸》有感

暑假里我读了黄蓓佳的小说《童眸》，认识了居住在20世纪70年代的仁字巷里的一群小伙伴：朵儿、马小五、弯弯、卫南、二丫、细妹、白毛。他们的故事很真实很朴素，就像我的朋友一样。

仁字巷里的孩子们也特别有个性，让我印象尤其深刻的是马小五。他虽然调皮暴躁，经常闯祸，火大时甚至做出放粪这样的事。但在《灰兔》里，我认识了一个真正的马小五。马小五讨厌白毛，可当他听说白毛快要死了，并没有幸灾乐祸，反而觉得难受和默默的忧伤，他对白毛的要求选择了忍让，我能体会马小五内心的纠结。从马小五的角度来看，如果白毛快要死了，欺负他就是不人道的。马小五平时虽然经常捣乱，但他其实也有热心的一面。后来两人因为值日的事起了波折，马小五打碎了白毛的墨镜，十二三岁的孩子竟然搬砖凑钱，还跑到上海去为白毛买来了墨镜，这一点让我太震惊了。

还有二丫，她家只有她的妈妈陈老太和犯病的姐姐大丫，家里很穷，如果我是她，可能就听天由命了。而二丫

却不肯屈服，她受不了姐姐，甚至想害死大丫，后来大丫
嫁人，受尽对方家的欺侮，二丫虽然讨厌大丫，却不希望
姐姐受欺负，更不希望自己家受欺负，所以小小年纪就站
出来希望撑起整个家庭。最后虽然偷偷救出了姐姐，却因
为救掉下河的姐姐淹死了。二丫的命运让人叹息不已，她
这样的伙伴我没有碰见过。

　　如果要选一个伙伴做我的朋友，我肯定选朵儿，朵儿
善良懂事，心很柔软，懂得倾听别人的心事。有一次白毛
脚上缝了六针，又遇上马小五等人决定找他算账，朵儿为
了让白毛不受欺负，劝止了马小五他们。虽然她不理解白
毛的古怪，但她还是处处想帮助白毛。

　　我想和朵儿交朋友，因为我也想做一个善良懂事的女
孩。有时我爱为小事发脾气，会挑剔衣服和饭菜，如果我
和朵儿做朋友，我想我会向她看齐，珍惜现在的生活，遇
事要乐观。

　　我想和朵儿交朋友，我甚至想坐时光机飞到朵儿身边，
当她得知白毛快死了而难过，当她为去上海的细妹担忧，
当她不知道为什么关心二丫却让二丫生气，我希望能安慰
她，虽然有时我也不清楚该怎么办。

　　故事离我们现在很远，听我爸爸说，那时候他都还没
有出生，不过小说里的生活他很熟悉。比如小时候夏天也
是一家人搬出小桌子露天吃晚饭，比如家里也没有什么零

食吃，过年也要请人来家里做芝麻糖，他小时候也和小伙伴玩拍纸牌的游戏……爸爸对小时候的记忆津津乐道。

听着爸爸的讲述，我不由得又翻开了《童眸》，我感觉仁字巷里的童年依然在那里生长。

美丽的东钱湖

　　暑假里我和妈妈、外婆去美丽宁静的宁波东钱湖度假。那儿早晨鸟语花香，晚上知了鸣叫，蜻蜓低飞，这可是东钱湖美丽的景致，不过，最令人惊叹的还是傍晚的东钱湖。

　　黄昏时分，夕阳缀在东钱湖上，一点一点的光芒散开在湖面上。小野鸭顺着光芒寻找小鱼吃；小鸟在带着清香的荷叶上啄食露珠；白的、粉的荷花与芦苇一起随风摇摆。而小山路呢，更是东钱湖畔独具一格的地方：大樟树长长的影子垂在路上，小麻雀蹦跳着在小路上走呀走，蟋蟀在弹琴，知了在开演唱会，而忠实的听众便是摇摆的芦苇了。

　　晚上，大家原本都待在屋子里，而我提议去湖边骑车。妈妈同意了。我和小伙伴们一块儿骑着车，一群群蝙蝠从我们头顶飞过，一阵风吹来，荷花飘来阵阵清香，特好闻。星空点点光芒，萤火虫绕着飞，映在水上，就像为青蛙准备的灯光秀，它们呱呱叫着，真美丽啊！我们停下车，欣赏着东钱湖的夜景，真感觉是听不够看不够啊！

　　诗人说，湖泊是大地的眼睛。美丽的东钱湖，需要我们去保护。东钱湖美，人的心要更美！

四年级

雷阵雨

如果说夏天是一本书，雷阵雨就是其中的精华了。它既是丹青妙手，濡染大笔；又似黑脸包公，斩钉截铁。我在老家就经历过雷阵雨。

这是一个炎炎夏日的中午，我咬着一根草坐在地上，蛐蛐有气无力地嘶叫着，小狗黄黄吐着大舌头坐在路上，太阳照得地上火辣辣的，我无神地哼着小曲。突然弟弟尖叫一声："快看，变了，变了！"乌云慢慢聚拢，像是一个大恶魔。那云中央可真恐怖，像是大画家点出的丹青，又像是书童打翻了墨瓶。

"快回家里去。"我连忙拉起弟弟往村子跑，弟弟吓得大哭。轰隆隆，雷公骑着闪电蛇光临人间，那一声宛若石破天惊。雷神电母就像看见了我们一样直击过来，闪电像一条作恶多端的眼镜蛇，吐着鲜红的信子，两朵乌云像它的眼睛。"快走，我要回家，好恐怖啊！"弟弟着急了。但离家还很远，我也束手无策。唰唰唰，啦啦啦，大雨如注，毫不留情地下来了。

就在这时，一辆汽车驶来，是姐姐和她的妈妈……

雨小了下来，不过雾蒙蒙的，像是来到了奇幻森林。电线杆上，小麻雀们在啄着雨珠，真呆萌。等到雾慢慢退了，一道彩虹桥若隐若现地挂在天空中，真美！

我并不害怕暴雨，我赞赏它，它释放着夏天的可人！

草原之美

"哇啊，这儿真舒服！"微风像细长的手指穿过我的发丝。此刻的我站在呼伦贝尔莫日格勒河畔的某个山丘上，俯视着牛羊结队的草原。

我扭头一看，意外发现一条坡道向山下延伸。我与爸爸商量好后，就走下山去。来到山下，我们仿佛走在偌大的地毯上，河流贯穿而过。我大叫："牛粪羊粪怎么这么多？真奇葩！"爸爸说："这是特色，羊晚上都会回去的。"我想象我是只绵羊，奔跑在草原上捉蝴蝶，这儿真是羊的天堂啊！蹲下身细看，这儿的草短到小拇指长度，郁郁葱葱，可爱极了。

太阳下降了，残阳似血，红色不断向外蔓延，染红了原本翠绿的草原。就像是宝蓝色天空中的一块颜料，从深红到鹅黄，像变幻的五彩。我们望着被照得血红的河面，像蜿蜒的绸缎一般。

我打了个哈欠说："六点了吧，咱们回蒙古包吧！"爸爸大笑："已经九点钟了！"我不信，一把夺过手机，上面明明白白写着：21时18分。爸爸说，内蒙古纬度高，天黑得迟。

回到蒙古包，外婆准备了美味的羊肉串和牛奶。吃着美味，我突然知道怎么形容内蒙古了，就是一瓶牛奶和羊肉串！

2017年10月

解忧书包袋

——永远的家风

一

搬新家已经三年了。书房墙上还是挂着那只旧布袋，它灰蒙蒙的，左下角还有毛线掉出来。三年前它是这样，现在仍然是这样。

以前也没觉得有什么，刚好这几天心里烦，越看越不顺眼。"这破袋子为什么要挂这里？"我一把拽来扔给爸爸。

"是它呀！"爸爸神气地说，"那是你太婆做给爷爷的书包，你爷爷背过，我也背过！这可是咱家的传家宝！"

"啧，又破又旧，我的书包好看多了呢！"我做出没兴趣的样子要走。

爸爸一把拉住我，神神秘秘地说："爷爷说这是能解烦恼的书包，很灵，在午夜前把烦恼写出来放进去，第二天起早就能收到回信！"

"不就是个普通袋子嘛！"我嘟嘟囔囔，把目光投向了这个所谓的"神奇书包"，看爸爸神秘兮兮的样子，心想，难道真有像《解忧杂货店》那样的事？要不今晚试试。

二

最近还的确有烦恼呢！我写下，"上次一个好朋友来问我问题，当时我在写作业，没太在意她，后来她就有点疏远我了，我该怎么办？"趁妈妈也回房间了，我把纸条塞进旧袋子里，满心欢喜地跑回房间。

第二天一大早，我就起床去检查，袋子里还真有张字条！上面用繁体字写着："亲爱的悠悠，是你爸爸说可以解决烦恼的吧？"看这字迹还真不熟悉，我大惊，这个人不是现代人，那是谁？我继续读下去："别猜了，我是你太婆，你爸爸的奶奶。我和你讲一个我妈妈也就是你太太婆的故事吧。那是80年前的一个寒冬，那年我正好10岁，我妈妈开了一家裁缝店，她每晚都要干活到很晚，可最后都不收村子里的老年人的工钱。有一次，一个乞丐模样的老人瑟瑟发抖地坐在我家门前，妈妈拿了一套旧衣服给她披上，还用剩下的布料为她做了一件夹袄。看着妈妈手上的冻疮，我不太高兴。我妈妈跟我说：'天这么冷，妈妈能多做一些寒衣，就能多帮助一些人不受冻，这是比钱更有价值的东西。'这句话我记了一辈子，我觉得力所能及地帮助需要帮助的人，自己也会得到快乐！我觉得，你这么聪明，应该能找到答案了。"看完信，我好像知道该怎么做了。

三

正当我还沉迷于"书包"的神奇，突然听到妈妈大叫：
"把试卷给我拿来，考了几分？"我把纸条塞进口袋里，
跑了过去。

过了一小时，挨训时间结束，我心不甘情不愿地坐在
桌子前。突然，又看到了那个旧书包，对啊，试试"书包"
吧！我写下："太婆，最近学习压力太大了，特别是数学，
一看到就想打瞌睡，好想放弃。我可以不上学吗？"写完，
想想要过漫长的一天才能收到回信，但也没办法，先订正
试卷去吧。

终于，漫长的一天过去了，有着"熟悉"字迹的小纸
条又出现了。我屏住呼吸，一字一字读："亲爱的孩子，
你的烦恼我能理解。我还是先给你讲个故事吧。太婆小时
候家里很穷，所以没有上过一天学，你一定很奇怪，那我
怎么能给你写信呢？小时候我很喜欢听街上的人说书，那
些故事很精彩，听得多了我就都记住了。后来解放了，我
在村里上了扫盲班，我很想知道这些故事是用哪些字写的，
所以学得比别人用功，别的人只能写自己的名字，而我能
写字看报，很多人都不敢相信。"我想太婆如果在今天就
是超级学霸了吧，翻过来还有："你爷爷很小的时候太公
就去世了，他成绩很好，但因为家里困难，他就想不上学

了。我也和他讲过太婆学文化的故事，我亲手给他做了一个书包，语重心长地对他说：'傻孩子，如果你不上学了，是可以给家里干点活，可妈妈希望家里出个读书人的念想也就断了。妈妈再苦再累也要供你上学，只要你把这书包里装过的书读熟一遍，我就当多吃了一碗饭。'你爷爷回到学校，学习非常刻苦，终于成了村里第一个考上县一中的孩子。悠悠，学习一定要有恒心，做任何事都要有恒心，有了恒心，没有做不好的。"

太婆和爷爷的故事让我久久不能平静。我想想最近，自己的确不太认真，总是想着玩游戏，把学习当成了随便的事。我想，只要我能端正态度，刻苦学习，一定能回到以前的好成绩。

四

真的是太婆在和我通信吗？我真的很想见见这位太婆，又问："您能出来让我见见您吗？太婆。"第二天，书包里有一张照片，上面是一个慈祥的老奶奶，戴着老花镜。

正当我陷入沉思，爸爸走了过来，摸着我的头说："悠悠，对不起，信和照片是我偷偷放进去的，我看你这几天很急躁，你又不愿意和我们沟通，所以就想了这么个办法，为此我还苦练了书法呢。"我表面上很生气，心里已经原谅了这个鬼点子很多的爸爸，说："那你再和我说说太婆的故事吧！"爸爸微笑着一脸自豪地说："好啊，太婆还是一位侠女嘞，闹土匪的时候，她还救过人……"

　　沉醉在太婆的传奇故事里，我感觉墙上那个旧书包有了特别迷人的光彩。我正想开口，爸爸看出了我的心思，说："太婆的妈妈讲给她做人的道理，太婆传给爷爷，爷爷传给我，我传给你，这就是传家宝！咱们家的好习惯好风尚，也要你传下去哦！这个书包就归你了！"

2017年10月29日

百变衣橱

30年后，我发明的完美衣橱果然红爆全球，你去看看，每户人家的卧室里肯定都是这款衣橱。

现在是冬天，衣橱的颜色会换成暖色调，让人看上去更温暖了。衣橱的外壁确实时尚，门是自动门，配有人脸系统，并且会自己清洁。它能自动换样式，通过你穿的衣服风格就能感知你的喜好。衣橱有闹铃功能，这是给爱睡觉的人准备的，谁叫他们不来换衣服呢？当然，小衣橱也会播放柔美的音乐，这是给失眠的人准备的。它里面可是个"维密"天地，大得三天三夜走不完，却一点儿也不占地。现在，我要进去看看。

门口站着我的洗衣机器人，我每次进去，他们都让我把脏衣服给他们，他们再拿去洗衣中心。我给你介绍一下我的美容机器人小莉，我在她身上设置了高端智能程序。她会先带我去设置中心，那儿很大，一个个台阶盘旋而上。你可以设置风格、大小、季节，这时小莉脑海里就会出现你所设置的区域图，并带你去。至于工作日早晨来不及设置时，你可以打开"快递"模式，她会根据以往的设置将衣物送到床头。

这次我要去礼服区，小莉得下载那里的地图。小莉在空余的机器上取下自己的芯片，放在一块绿布上，很快就下载好了。

来看看服装吧。到了土耳其城堡风格的大门口，你就已经爱上这奇迹般的地方了。我和小莉坐上飞飞球。我们绕过连衣裙区，连衣裙飘在天上，所以才需要坐飞飞球飞上去拿呀。我们来到礼服区，这是一个高空盛宴，这里的衣服比伊丽莎白女王的衣服都要好看。衣服们手拉手在空中跳舞，你会感觉这是一场梦。这可不是梦！我挑了一件黄色的礼服，前往加工厂。加工厂是时尚仙子的家，她们又小又漂亮，能挥洒亮粉，我的衣服也被画龙点睛了。最后小莉将礼服带去快递公司，快递员将在指定时间送到我床头。

之后我还可以去换衣房，为了不耽误时间，你只要穿过一个完美隧道，衣服就在你身上了。

你说这衣橱完美吗？哈哈，联系电话是0000—400—1111。

梦想三剑客

圆周率学校的期中考成绩出来了，这儿的学生几乎都是天才，背圆周率简直是生出来就会的。除了三个人，伊林奇、弥月和罗恩克。

弥月看着报，上面一点新闻也没有，密密麻麻地布满各个学校的成绩。在最底下写着一行蝇头小字：圆周率国的孩子，都失去了梦想，需要有人守护。弥月忙叫大家过来看。伊林奇用魔杖轻轻一碰，上面出现了一幅画面：班里的学霸米兰达三岁时正在玩积木，说长大要建造房子给父母住，父母却把她送进考场，让她没时间玩。伊林奇又轻轻一碰，屏幕消失了。罗恩克一拍脑袋："哦，是不是学习消灭了米兰达的梦想？""对，我们的梦想还没有被消灭，赶快行动吧！"弥月说。"咱们得找到那个使坏的人！"于是，三人便上路了。

"哈哈哈，我奉陪到底！"水晶球消失，大坏蛋黑蛛怪大笑着。原来暗中使坏的人就是她呀。这时一个仆人匆匆跑来，"报告女王，三剑客往这边来了，怎么办？"黑蛛怪怪笑着，"你忘了，还有伤心巨人和克吉巨蛇了吗？""啊，英明……"

　　弥月、伊林奇和罗恩克一路走着，突然一个伤心的巨人跑来，顿时山崩地裂。他喊道："要背圆周率才能过桥，不然我会伤心的！"伊林奇支支吾吾地回答："好像是3.1918377吧，对吗？"伤心巨人一边哭一边跺脚："不对不对！"桥摇摇欲坠。罗恩克说："我给你一个梦想，你让我们过桥？"伤心巨人居然停止了哭泣，问："梦想是什么？我不知道。"伊林奇在巨人手指上点了一下，巨人竟然变成了一个小姑娘。她欣喜若狂："我又有记忆了，我是柳尔，我太'爱'考试，竟然被下了诅咒，变成了伤心巨人了！"弥月问："你被谁下了诅咒？""黑蛛怪。"柳尔说，"你们要去干吗？""寻找梦想，一起吧。"罗恩克回答道。"好。"柳尔很开心。另一边，黑蛛怪大怒，"天哪，他们竟然还有梦想，还会解除诅咒！"

　　继续向前走，巨蛇克吉出现了。它吐着血亮的红信子说："你们知道怎么画圆周率吗？""画？"大家都很诧异。弥月说："我不会画。""不会画就滚！"克吉大怒。"如果你拥有梦想呢？"弥月念咒，"梦想，赐予你！"克吉竟然变成了一个天使，温柔地说："弥月，你真是个好女孩，帮我解除了诅咒，快去战胜虚荣吧！"弥月说："好的。""不！"另一头的黑色城堡里，黑蛛怪大叫着吩咐，"快做好准备，他们要来了！"

　　突然，大门被撞开了，弥月、柳尔、伊林奇和罗恩克走了进来。黑蛛怪的军队杀了过去。伊林奇用魔法束缚住他们，赐给它们梦想，它们竟全变成小朋友，跑掉了。柳尔不禁想，这么多人都跟我一样失去梦想了啊。这时黑蛛怪亲自出马，跑过来了，她用毒网抓住柳尔，扔出了好远。她又用触手抓住弥月，卷了起来。她又踢了一脚伊林奇与罗恩克，狂笑起来。伊林奇忍住伤站起来，说："看看外面吧。"外面的孩子都快乐地玩耍，包括米兰达，她正在玩积木呢！黑蛛怪刚想施法术，却发现失效了。"这是为什么？"她气急败坏地问。"因为梦想打败了你，你把虚荣寄生给了家长，使他们不停地让孩子做作业，你就想偷走梦想，统一世界，你这个盗梦黑客！"柳尔站出来说。"求，求原谅！"黑蛛怪羞红了脸。"那好吧，给你一次改正的机会。"罗恩克笑着说。

　　再也没有圆周率学校，再也没有满是成绩的报纸，再也没有试卷满天飞了，而只有孩子们自由的梦想。

窗外

在地鼠的世界里，窗外是一种恐惧，更是一种诱惑；但是，终会有勇士来打破这片迷茫的黑暗。

——题记

小地鼠乌仔，身子臃肿，头发不过三根，像刷了漆般的皮毛，在夜色下抖动。对于乌仔来说，从出生起，生活中就只有黑色，因为白天，它们在地底深深的黑暗中沉睡，堵住洞口的石块也把多彩的世界挡在了外面……

一、《窗外传说》

乌仔把图书馆最深处找到的《窗外传说》塞进了抽屉。肥胖的短发女老师扭着腰进来了。乌仔连忙坐端正。女老师拿出书本，滔滔不绝地讲起课来。乌仔吐了吐舌头，又偷偷看起《窗外传说》，因为它心里一直有个疑问。它翻到看了很久的那一页，上面画着的天空是蓝色的，还飘荡着朵朵白云，长着野草野花的原野缤纷扑人，芬芳扑鼻。可是，爷爷奶奶、爸爸妈妈、老师，还有课本，所有人都说天空是黑色的，白天（此时地面是夜晚）出门，看到的天空也是黑黑的，除了黄黄的月亮，这是怎么回事呢？

恍恍惚惚，乌仔好像走进了那片蓝色的天空下，它躺到草地上，满眼都是葱茏的绿，阳光是那么温暖。

"乌仔！乌仔！"愤怒的女老师就站在乌仔面前，乌仔还没回过神，眼前就蒙上来一张涨得通红的面孔。"这篇课文告诉我们什么道理？"老师绕着乌仔一圈一圈走。乌仔脑子空白，它僵硬地站着。

这时，它想起了梦中的情景，忍不住脱口而出："天空一定是黑色的吗？不可以是蓝色的吗？"老师气得脸都绞在了一起，气鼓鼓地说："别胡思乱想，天空和我们的皮毛一样，都是黑色的！"乌仔没有害怕，反而拿出《窗外传说》，说："这本书就这么说的，天空是蓝色的，如果我们有窗，就可以看到。"同学们有些骚动，有的说乌仔胡言乱语，有的说要不我们到外面去看看。女老师忙对同学们说："同学们，书名不是写得很清楚吗，这只是个传说！"

乌仔没有再辩解，它发现"传说"两字是另外加上去的。

二、窗外不是传说

"我们家乌仔又做错什么了？"乌仔的妈妈含着泪问老师。

"乌仔违背了地鼠习性，它满口狂言，还说要开扇窗，说外面的世界很美。"女老师愤愤地说，"这是多么危险的想法！所以，乌仔要么承认错误，要么退学……"

乌仔妈妈连忙道歉，乌仔却不肯认错。于是，愤怒的女老师让乌仔跟妈妈回家反省。

当然，那本《窗外传说》也被没收了。在地鼠国，这是禁书。并不是这书是错的，而是曾经恐怖的往事，让地鼠国关上了一扇扇窗，永远与光明隔绝。

回家的路上，乌仔的妈妈低着头，默默地说："乌仔，去认错吧。"乌仔委屈极了："妈妈，我们的家为什么不能有窗？书上说天空有时是蓝色的，那种颜色真的太美了！"

"乌仔，你还小，很多事情你还不懂。"乌仔的妈妈抚摸着它的头说，"蓝色的天空不属于我们，我们的天空是黑色的。"

乌仔不说话了，因为"蓝色的天空不属于我们"这句话在它心里滚动，它想："这说明蓝色的天空是真实存在的，我想去看看。"

晚上（此时地面是白天），乌仔的父母早早地睡下了。乌仔偷偷出了家门（它从来没有在这时候出过洞），它决定去看看外面的世界。

哇，眼睛一下子睁不开！等它慢慢张开眼睛，眼前不是黑夜，而是梦里美丽的景色……

三、冒险与智慧

蓝天下，还有五颜六色的花、绿油油的草，都是乌仔从未见过的。乌仔蠢蠢欲动，它越走越远。它来到了一座城市，里面有好多好多两条腿的动物，匆忙地走着。谁都没有注意到它，它实在是太小了。

它跳上一辆巴士凉快地兜风，在广场，它险些被一个吸尘器吸进去……乌仔玩累了，它想回家，可是找不到回家的路了。

正当它不知往哪里去的时候，一只大手拉住了它。

是乌仔的爸爸。爸爸拉着乌仔往回走，"你知道，你不属于那里。"父亲低沉着嗓音，只说了一句。一路上它们一言不发。

回到家，几乎所有的亲戚都来了。姑奶奶亚莉一看见乌仔，就扇了它一巴掌，骂道："白痴，你知道外面的世界多危险吗？你下次不要出去了，那里不属于你。人类不给我们生活的地盘，还来危害我们，你可不能出去！"

"为什么呀？我只不过想看看外面的世界罢了！我不是好好地回来了吗？"乌仔争辩道。

"不行！人类全是恶毒的，它们看见你，会把你关进一个地方，你就失去自由了。"姑奶奶大声吼道，"总之你不能再出去！”

　　乌仔答应了，但它心里有了个计划："不能出去也有办法，我可以照着那本书，开一扇窗，这样不出门也可以看到蓝色的天空！"

　　乌仔开始偷偷行动。它趁家人睡觉时，开始在自己房间偷偷挖土。它找好位置，就拿起铲子，把土一块一块挖去。大概挖了快一个星期，头顶露出了一个洞。阳光一下子蹿了进来，阴冷潮湿的地鼠洞，立刻变得温暖。

　　这就是地鼠乌仔的"窗户"，地鼠国第一扇也是唯一一扇"窗户"。它躺在床上，贪婪地欣赏着窗外的世界，那样蓝的天，那样明亮温暖的阳光……

四、窗外的阳光和爱

　　白天（此时地面是晚上），乌仔就用一块石头掩住它的"窗户"；晚上（此时地面是白天），它就悄悄搬开石块。这天，乌仔有了新发现，蓝色的天空响起了恐怖的轰隆声，不久天就变得和晚上一样黑。没等乌仔回过神来，天空就掉下大颗大颗的雨滴，雨水从窗户流了进来。乌仔七手八脚掩上石块，可是雨水还是从缝隙里渗透进来。

　　乌仔又动起脑筋来。乌仔想要更简便、更高端一些的窗户。乌仔想起插图中的一扇窗，是用透明的石头做的，关上不会漏水，也能欣赏美景。乌仔又溜出去了……

　　这天是阴天，白茫茫的雾是地洞里领略不到的景色。乌仔看到，房屋上的窗都是图画上的样子，真妙呀！

　　那么，那些窗哪里来呢？乌仔真够幸运的，它在上次经过的路口看到了堆满大大小小透明石头的一座店铺。门口坐着一个小女孩，她的笑很阳光，乌仔感到很温暖。

　　它走过去，去摸那些透明的石头。小女孩看见了乌仔，她温柔地把它捧起来，笑问："你是来找我玩的吗？"乌仔一惊，毛都竖了起来。"你别慌！我叫琳娜，不会伤害你的，你怎么了？"叫琳娜的女孩问。乌仔缓了口气，告诉琳娜想要一块透明的石头。"是吗？那不叫透明的石头，那叫玻璃。"琳娜大吃一惊，"要不这样吧，我叫我爷爷做给你，你明天来取。"乌仔听了，非常高兴。

　　乌仔回了家，兴奋异常，因为它既找到了玻璃，又知道了人类是友好的。

　　乌仔妈妈忍不住怀疑：这孩子怎么那副表情？不会又溜出去了吧？于是，她准备不睡觉，去跟踪乌仔。

　　第二天，乌仔又溜出去了。乌仔进了玻璃店，已经没有了紧张，它像好朋友似的同琳娜对话。这一切都被乌仔看到，她担心极了。

　　乌仔接过小小的玻璃窗，道了谢。乌仔妈妈很生气，在洞口拦住它，吓得乌仔差点大叫。乌仔妈妈说："你和万恶的人类接触，你不知道我们多少祖先都被它们杀害了吗？"乌仔反驳："不是的，不是所有人类都是坏的！"说完，跑走了。

第二天，乌仔把窗玻璃还了回去。琳娜很诧异，问："你怎么还回来了？"乌仔哭泣着，扑进了琳娜的怀抱，就那么哭了一阵子。

"我的父母并不同意我开窗，我只不过想证明我看到的是对的！它们对人类有偏见，连老师都说蓝天白云是传说，它们说人类没有给地鼠生存的家园。"

琳娜笑道："没事的，我相信你的父母会理解你的，以前的确有些人伤害过你们，现在不一样了，老师都教我们要保护动物呢。"

乌仔信任地点点头。

"用玻璃造好窗子，让老师同学们眼见为实。"琳娜拉着乌仔就走，"走吧，我帮你造窗子。"

五、让所有习惯黑暗的眼睛都习惯光明

琳娜先用窗玻璃量了洞口的大小，说："把铲子给我，这窗口怎么是圆的？"乌仔有点难为情："啊，地鼠洞就是圆的嘛。"琳娜用玻璃当模子，铲出一样大小的空间。再把窗玻璃装进去，将窗框两边钉牢，就可以随意开了。琳娜还给乌仔家做了书架、小沙发、冰箱，等等，手真巧啊！

乌仔信心十足，叫来了全家，给它们看这个杰作。本

以为姑奶奶会说"好棒呀",没想到她说:"你竟用了人类给你的材料,把它拆了吧。"乌仔哭着喊:"不行,这是我和琳娜合作创造的。你看看,窗外多美,而且这开关十分简便安全的。"乌仔妈妈在边上说:"别拆了,给乌仔一次机会吧!"乌仔说:"这是琳娜,她给了我许多帮助,她真的很善良。"姑奶奶还想说什么,但当她看见窗外的蓝天白云,和自己年轻时候见过的一样,就陷入了久远的回忆之中……

很多年过去了,乌仔当上了老师。每当学生们整齐地用洪亮的声音读课文"我想在大地上画满窗子,让所有习惯黑暗的眼睛都习惯光明"时,它心中总会生出一份自豪和欣慰。

窗外是一种美丽的邂逅。而勇士,已经战胜了黑暗……

空彩诚 与
袜瑞传奇

前言：他们都是亲切的孩子

　　这两个名字是2015年前后，由女儿命名的。

　　而之前，他们一个叫空空，一个叫花袜子。空空是一只机灵可爱的鹦鹉，是因某一年春晚，一个腹语节目而走红的明星道具；花袜子是一只聪明调皮的小乌鸦，来自女儿读过的一套德国卡通图书。

　　女儿是毛绒玩具控，对之思慕不已。于是，他俩，一个从淘宝，另一个从德国法兰克福某商场，先后来到女儿手中。

　　从此，他们的故事开始生长。他们生活的地方叫法兰斯，据说是太平洋上的一个岛国；他们有了自己的父母兄妹和朋友；有了自己的学校、班级和同学……像创世那样，文字的世界构建起来，生动起来，具体而微。生活中应该有的，他们都有；更重要的是，梦想中有的，他们也都可能有。

　　他们奇思妙想，个性迥异。在我们家里，他们都是亲切的孩子。

爸爸

附：法兰斯第一学校三（1）班名单

班主任：艾小薇（海鸥）

学号	姓名	动物	学号	姓名	动物
1	袜 瑞	乌鸦	16	陈着衣	喜鹊
2	姚淋海	大雁	17	间狼莉莉	大雁
3	张小武	秃鹫	18	张莉丽	白鹭
4	马义轩	秋沙鸭	19	林小森	白鹤
5	间狼三太子	大雁	20	王宁宁	火烈鸟
6	间狼晓登	鸵鸟	21	空美媛	丹顶鹤
7	温红岩	乌鸫	22	佳 佳	燕子
8	季别麟	大嘴鸟	23	美蒂玺	孔雀
9	姚 可	斑鸠	24	李佳伟	海燕
10	朱筱掩	布谷	25	空晶晶	鹌鹑
11	明蕊浩	白鸽	26	陆珈友	画眉
12	米麟智	海鸥	27	孔明明	八哥
13	布维赢	麻雀	28	屠小欣	夜莺
14	夏 羽	啄木鸟	29	应婷婷	珍珠鸟
15	谭小青	蜂鸟	30	空彩诚	鹦鹉

谁改了我的作业?

　　下课铃声响了。教室里飞起几十本花花绿绿的作业本。刺耳的笑声里还夹着一阵欢呼。空彩诚慢悠悠地做着课前准备，刚做完，一个人拍了拍她的肩膀："你能把这封信交到艾老师的办公室吗?"啊，原来是男生张小武。空彩诚不情愿地嘟囔了一句"好吧"，然后不情愿地拿着信，去了艾老师办公室。

　　艾老师办公室离三（1）班教室可远了。三（1）班的教室在一楼，而艾老师的办公室在三楼乒乓房那边。空彩诚迈着沉重的步伐上了楼梯，幸好在二楼楼梯上就看到了艾老师，这可真巧，不用走那么多路了。"艾老师，张小武给您的信。"空彩诚轻声说。艾老师接过信，点了点头。空彩诚马上走回了教室，她还有事呢，她一分钟都不想耽误。

　　一进教室，就看见几个女生愁眉苦脸地站在自己的座位前，她觉得奇怪，"你，你们在这里，干，干什么?"空彩诚吞吞吐吐地说，好像有隐情一样。"你怎么能为男生做事情呢? 明知道张小武不是好对付的，干吗做他的丫鬟，给他送信呢? 你还是班长呢! 真是丢尽了我们女生的脸。"陆珈友生气地说。"你有没有面子再来见我们啦?"
她的同桌王宁宁说。"你就别在那里说我是你最好的朋友
了吧,我连脸都抬不起来了。"空彩诚最好的朋友应婷婷说。

看到大家都这么责怪自己,空彩诚觉得又委屈又难过。
这时,上课铃响了。空彩诚觉得没有心思上课了,她想到
连最好的朋友都不理她了,觉得非常伤心。她情不自禁地
站起来说:"我不要上课了。"老师觉得非常奇怪,"空
彩诚,别说梦话了。"他说。男生哈哈大笑起来,女生们
愤愤地看了空彩诚一眼。空彩诚连忙把帽子戴起来,她不
喜欢这么多人看着自己。

终于熬到了放学的时候,老师开始布置作业:"今天
的作业是写一篇关于红领巾的作文,再把1~8字词卷做完,
现在我宣布,放学。"大家背起书包,就往外面走。

空彩诚一个人去了厕所,她躲在厕所里不停地哭,她
觉得当好学生没有什么意义了,她要让自己成为一名坏学
生,每次考试都考全班最后一名。空彩诚把100分卷子给
撕了,她永远都不想看见100分这几个字。

男生们又在树林里密谋了,他们又在想什么。男生组
队长张小武说:"回教室吧,空彩诚早就把作业做完了,
放在抽屉里,我要把她的作业给改了。"男生们哈哈大笑。

空彩诚回到家,把100分卷子补好,她虽然想和100
分做朋友,但她觉得100分是没什么意义的。"考100分

是应该的嘛！"她嘟囔了一句。

此时此刻，张小武正拿着一块橡皮改空彩诚的作业呢。而他们把正确的作业抄在一本本子上，好让自己得到满分。"这道题目好难啊！空彩诚做的是对的，正确答案应该是6，我们都写7了，把空彩诚的答案改成7，把正确的答案写在我们的本子上。"张小武说。男生们又一阵怪笑。

改作业这件事可没有袜瑞的份。他在家里写作业。写完了作业，他决定飞出去玩一圈。他刚要出去玩，却发现自己的日记本不见了，"天哪，日记本一定是忘在学校里了。"袜瑞自言自语道。袜瑞决定飞回学校去拿本子，如果不写日记，自己就要挨批了。袜瑞的家离学校还真有一点远，要经过大河、树林和桥下桥镇。袜瑞飞了15分钟，才到学校。"看啊，袜瑞，别出声，我们躲到男厕所。"张小武对他的伙伴们说，"我们要无声无息地跟踪他。"伙伴们点了点头，表示赞同。

袜瑞跑到班级里，他刚要拿起日记本，突然他摔了一跤，脚下是一块橡皮，"橡皮？奇怪。"袜瑞说。袜瑞不管了，他把橡皮扔进了垃圾桶，拿起日记本就走。"原来只是拿日记本啊。"张小武和他的伙伴们松了一口气。

"你们偷偷摸摸地在这里做什么？"袜瑞突然站在了他们身前。

张小武不知怎么辩解才好，突然，他看到男厕所边的拉丁舞训练营，16:00—21:00，现在刚好是17:00。"我们是来上拉丁舞课的。"张小武随便编了个谎言，"现在是课间休息，我们来上个厕所。"袜瑞这才放心地飞走了。

回到家，空彩诚已经在吃晚饭了，有好吃的鸡翅和香喷喷的咖喱饭。"天哪，咖喱饭里还有怪味豆，你们怎么不叫我就开始吃啦。"袜瑞问道。"等你回来饭就凉了，炉里还有一点为你做的咖喱饭没有凉掉。"空彩诚妈妈笑着回答。

袜瑞没什么胃口，就算有咖喱饭，他也没有胃口。他一直想着张小武的那句话"我们是来跳拉丁舞的"，他觉得张小武突然变得很奇怪。他觉得眼前满是自己的同桌——张小武的身影。睡觉的时间，袜瑞觉得怕极了，他觉得张小武就像一个灵魂一样，不停地在自己耳边催促。他拉着空彩诚的手，要空彩诚和他一起睡觉。空彩诚笑着答应了。就算和空彩诚在一起，袜瑞也会觉得自己像一个人睡一样。他想起了张小武，怎么也忘不掉张小武的身影。

空彩诚已经睡着了，袜瑞还躺在那里看着窗户。汗已经从两颊流出来了，这时，他感觉看到了一只眼睛，大叫一声。"叫啥呀？"空彩诚从被窝里钻出一个脑袋，说："我给你唱一首睡前儿歌吧！"听着空彩诚的歌，袜瑞慢慢进入了梦乡，空彩诚也睡着了。

第二天一大早，袜瑞就爬了起来，大家背好书包去上学了。第一节是语文课，老师要跟大家讲讲昨天的作业，张小武来劲了，他将要看到空彩诚出丑的一面了。"张小武，这次作业得满分，还有他的伙伴们——间狼三太子、姚淋海和马义轩！"艾老师宣布说。

"怎么没有我的名字？"空彩诚觉得奇怪。全班女生又一次愤愤地盯着空彩诚。"做错了干吗盯着我看呀？"空彩诚觉得奇怪。最后才报到空彩诚的名字。"空彩诚，你这次怎么考得这么糟糕啊？你错的这道题，我是当着全班的面讲过的。"艾老师批评空彩诚，"明明这道题的答案是6，你怎么写成7了呢？"

"可我，我是写6的呀。"空彩诚觉得好奇怪好奇怪，"一定是有人来改过我的作业啦。"张小武和他的伙伴们在座位上哈哈大笑。

袜瑞觉得好奇怪哦，他决定要推理出谁改了空彩诚的作业。"空彩诚，你还不承认。"艾老师问，"我最不喜欢不诚实的孩子了。""可真的不是我改的。"空彩诚疑惑不解。

袜瑞认定，一定是张小武改的作业，看他们偷偷摸摸的样子，不是他们做的才怪。同桌张小武早已看穿了袜瑞的心思，"袜瑞老兄，你在想什么呀？"张小武问。

袜瑞才不想理张小武呢，他说："去你的！"

"呲……"张小武做了个鬼脸。然后张小武马上举起了手。"张小武,你有什么想说的吗?"艾老师看到张小武举手,连忙问道。张小武为了报复袜瑞,说,"是袜瑞改的作业,是袜瑞改的作业。我昨天都看到过他来到学校,还被橡皮滑了一跤呢。这可是我的证明哦!"张小武的伙伴们都笑了。

"袜瑞,你承认吗?"艾老师粗声粗气地问道,很像包公的声音。袜瑞都要被逗笑了,"真的不是我干的,是张小武干的,还有他的三个伙伴。请您相信我,这是真的!"袜瑞诚恳地说。可袜瑞已经"狼来了"很多次了,谁也不相信他说的话了。

"袜瑞,请你坐下去。我不相信这是真的!"艾老师严肃地说,"改作业这件事,我会好好处理的。袜瑞,这件事你也有参与的哦。"

坐在袜瑞前面的女生张莉丽举起了手,"我是跳拉丁舞的,我看到了,是张小武和他的伙伴们做的。"她说。尽管张莉丽是艾老师最偏爱的孩子,但艾老师还是说,"请你坐下去,张莉丽。"

这时,下课了,袜瑞对张莉丽说:"我也看到了,是张小武他们做的。"张莉丽点了点头,说:"我们要好好处理这件事情。"

"你们别多说了,是你干的,袜瑞。"同桌张小武说。

"谁说的?有什么合理的证明?"张莉丽打抱不平地说,可真像一个威严的女汉子。

　　"我真的没有改作业呀，我真的是写6的。"空彩诚生气地走到张莉丽的座位，"我的好朋友们都不理我了，还好我还有你，张莉丽。""没事的，我们是朋友啦。"张莉丽热情地说。"以后我就叫你小丽吧。"空彩诚说。

　　"这真是一个好听的名字呀。"张莉丽竖起了大拇指。"空彩诚，我觉得你这个习惯不好，为什么做完作业要放在抽屉里呀？"张莉丽马上露出了愁眉苦脸的表情。

　　过了不久，小丽又露出了甜蜜的笑容。"你应该叫我什么呢？"空彩诚问。"你长得可真像一朵漂亮的桃花，我就叫你桃花女吧。"小丽露出了大门牙。"谢谢你这么说我。"空彩诚笑了。"你们还在那里嘟囔什么呀？快点破案。"袜瑞提醒她们。

　　"反正不是我弄的。"空彩诚说。"我相信你。"小丽看着空彩诚说。

　　张小武正在和他的朋友密谋："我们要捣乱他们的计划。""好主意，好主意。"间狼三太子说。"我们要怎么捣乱他们的计划？"姚淋海问，"毕竟今天马义轩生病了，他可是我们这几个人中最聪明的。""我们得设置更多的陷阱，让大家都认为是袜瑞干的。趁机我们再把空彩诚的作业改成对的。大家就会说袜瑞不认错，要把空彩诚的作业给改回来，那样袜瑞就会得到惩罚了。"张小武得意忘形地说。

"什么陷阱呢？"间狼三太子问。"我们下午4点30，在小森林里集合，我们要开会，不见不散。"张小武命令道。

这时上课铃响了，张小武和他的伙伴们就坐到了座位上。这节是科学课，张小武的科学课本没有带，他望了一眼袜瑞，袜瑞正得意扬扬地拿着科学课本，眼尖的张小武看见袜瑞的本子上没有贴姓名贴。张小武就对科学老师说："袜瑞抢我的科学课本，还不还给我。""快点还给张同学。"科学老师用严厉的声音命令道。袜瑞只好不情愿地把科学课本交给了张小武，张小武用得意的眼神瞟了一眼袜瑞，袜瑞觉得又难过又委屈。他觉得自从空彩诚的作业被改了之后，他就没有好日子过了。"明明就是张小武和他的一伙人干的鬼嘛！"袜瑞心想。

放学之后，空彩诚和好朋友张莉丽一起在树林里采集花的标本，她们就在离男生密谋的地方不远处。到了张莉丽要回去的时间，张莉丽说："对不起，我先告辞了。""没关系，有空再来玩。"空彩诚说。

听见了空彩诚洪亮的叫声，男生们就不敢说了。难道空彩诚已经揭开了真相。这时，树丛里有小小的声音。空彩诚一看，原来是一只可爱的兔子。空彩诚抱起兔子，决定把它带回家。她拿出竹子编的篮筐，拿出一点南瓜饼给小兔子吃。空彩诚已经没有位子装花了，就把花装在了裙子里。"我们要赶空彩诚走，不能让她知道一切。"爱耍小聪明的间狼三太子说。空彩诚刚好往这边走，看到了男生们。"这几天你们好不对劲啊，难道是你们改了我的作业？"空彩诚疑惑地问道，她好像已经知道答案了。男生们都不知如何是好。"不是我们，不是我们，是袜瑞干的，我都看到他了。""是真的吗？"空彩诚露出一丝笑容。"当然是真的，我姚淋海从来不说谎话！"姚淋海振振有词地说。

　　这笑容看起来是那么逼真，但空彩诚是不会上当的。"我给你们出一道题目，你们能回答出来的话，就算是袜瑞干的。不知道你们有没有本事回答这个问题呢？"空彩诚笑了。男生们只好点头，他们才没有空彩诚那么聪明呢，她怎么知道那么多？她说："甲乙丙丁四人，在小树林里密谋什么呢？改了空彩诚的作业，是不是袜瑞干的呢？在空彩诚的抽屉里，发现了甲的粉色橡皮屑，你们说，是袜瑞干的，还是甲乙丙丁干的呢？"男生们支支吾吾想不出来。

　　"是袜瑞干的，我是袜瑞的同桌张小武，我看到他也有粉色橡皮。"张小武撒谎道。

2016 年 1 月 4 日

不可能的事情

最近，袜瑞的学习好了很多，这让空彩诚感到紧张。"不，不可以让袜瑞超过我，这样就不会有人叫我'空小老师'了，而要叫'袜小老师'了。"空彩诚嫉妒地想。

这天考试，袜瑞从零分提高到了50分。空彩诚因为总是心生不安，退步了两分，这让她懊恼不已。袜瑞的分数越来越高了，尽管他每天看书的时候都在书里面夹了个游戏机。空彩诚这几天饭吃不好，觉也睡不好，就是因为这件事情。这又让他们的邻居及袜瑞的同桌张小武看在眼里，他叫上他的那一伙朋友，"嗨，我的伙计！最近袜瑞分数提高了不少，空彩诚非常看不顺眼，我们去戏弄戏弄他俩吧！"张小武狡诈地对他的朋友说，"明天凌晨行动！"这被空彩诚的同桌陈着衣看在眼里，她赶忙拿起一张纸写了几行字，卷起来，从门窗里塞了进去。这被在扫地的空彩诚看见了，她赶忙拿起那封信读了起来：

亲爱的班长同桌：

　　我听见张小武一伙决定在明天凌晨偷袭你们，我希望你不要再嫉妒袜瑞了，袜瑞考得再怎么样，你也是我心目中的一百分，做好准备哦。

你的同桌

　　"天啊，袜瑞，你的同桌张小武明天凌晨要来偷袭我们啦！快点做准备啊！"空彩诚慌里慌张地说。"不，不，不，偷袭有什么好怕的，我们不用做任何准备，这才叫真正的酷，就等着他们来吧，我自有办法。"袜瑞从容不迫地说。

　　空彩诚还是很担心，她现在想的是明天凌晨的偷袭，而不是袜瑞考得怎么样。

　　张小武召集伙伴到家里开会，他给朋友们端上金灿灿的薯条和蛋黄酱。"明天凌晨的行动，你们都给我听好了，马义轩和姚淋海走后门，我和间狼三太子走前面，偷走他们的语文书，至于语文书嘛，就由我和马义轩来保管！"谁都知道，马义轩是张小武最好的朋友。

　　第二天凌晨，袜瑞睡得正香。空彩诚一直把门锁得紧紧的，她一夜未睡。家里就像小鬼当家一样布满了陷阱。这时，空彩诚听见了撬门的声音，空彩诚赶紧去叫爸爸和妈妈。可爸爸妈妈睡得正香，说空彩诚一定是出现幻觉了。

　　一下楼，张小武已经站在那里了。"喂，张小武，你别想得逞，陈着衣已经跟我报了信了。"空彩诚拿出全身的勇气大声说道。"哦，姚淋海，你把这件事告诉你的表妹陈着衣啦？怪不得来报信呢。"张小武阴险地一笑。"语文书在我手上，你们谁也别想拿走。"马义轩说。"干得漂亮，马义轩，我最最好的死党。"张小武和他的朋友击掌。"哈哈哈。"空彩诚一看，原来是袜瑞，"你拿的语文书只是书皮，真正的语文书在我这呢！""好啊，你竟然拿了书皮来骗我们。"马义轩恶狠狠地说。

袜瑞和空彩诚快速跑到了地下室里。马义轩他们紧跟其后，他们还没走多远，就滑了一跤。原来每块楼梯板上都放了一块肥皂。空彩诚和袜瑞打开窗户，从绳索上溜到他们前几天造的树屋上，那个窗户上挂了一幅空彩诚的画，马义轩真以为是画，就没去爬那个绳索。一看大家没追过来，空彩诚就在树屋上布了陷阱，现在天已经快亮了，怎么办呐，还要考试呢？张小武他们没拿到语文书，不高兴地回家去了。

这次考试，袜瑞没有睡觉，还考到了99分，老师表扬了他。空彩诚还是100分，所以她不用再多想什么。

2016年1月24日

校长的课

下课了，同学们在操场上追逐打闹，玩得不亦乐乎。张小武带了一个新奇的玩具——FF球，这是女孩子玩的游戏，所以没有一个人想和他做搭档。

张小武正失望着呢。好友马义轩走了过来，说想和张小武一起玩FF球。正说着呢，上课铃就响了，两个人扫兴地回教室了。

这节明明是数学课，怎么出去排队了？有几个捣蛋的男生开心极了，说要去上体育课。张小武也在其中，他想，可能可以玩自己的FF球。可是，越走越怪，操场明明在一楼，怎么去了四楼，再说，三楼有个平台，去那儿可以做活动。可四楼什么都没有，光秃秃的，怎么能上体育课呢？

终于，大家被带到一个名叫校长室的地方，张小武苦笑了几声，他的FF球计划泡汤了。但这节课依然很有意思，校长问了大家好几个问题，比如：厨房的饭菜好吃吗？你最喜欢哪一节课？你的学习进度如何？你的学习成绩好吗？你这一学期的总结……最会说话的姚淋海一下子就答完了所有问题，别的同学都不高兴了。校长依然笑眯眯地

发给每个同学一张问卷，这样每个同学都能回答了。啊，
怪不得老师叫我们带橡皮和铅笔来呀！

少先队活动课

　　这节是同学们最喜欢的课——少先队活动课。同学们兴奋得不得了。这节课同学们能给老师写信，或者表演节目，表现好的话就可以看电影了，而且时间也很长，有一个小时。还可以去操场上漫步，去学校的菜场里种植，去草莓园里采摘。少先队活动课真的很难得，隔四周才有一次，在那周礼拜一的上午9点。

　　这次少先队活动课的分享内容，是你想做的职业。按小火车的方式分享每个同学的职业和梦想。老师还向同学们介绍了很多非常厉害的大师和明星。

　　空彩诚的梦想是当孔子那样的哲学家，袜瑞想当NBA球星，张小武想要成为地球的首领。轮到班里最害羞的女生佳佳，她站起来轻声地说："我……我……家！""你是想当作家，还是画家？"老师问。"大……我想当的是大家！"她腼腆地说。全班都笑起来了，因为这根本就不是什么职业嘛。

2016年3月15日

小牙医

今天风很大，雾霾也很严重，袜瑞在过马路的时候打了个喷嚏，竟把自己快要掉了的牙齿给打出来了。牙齿随风飞舞，一会儿就扬长而去。

第一节课是自习，所以没有老师，到了班里，袜瑞一坐到座位上就大哭起来。同桌张小武问："你为什么哭呀？""我来学校的路上把快要掉了的牙齿给弄丢了，该怎么办才好呀？下午就要去看牙医了，总不能做假牙吧，这可是我的恒牙呀！"袜瑞哭哭啼啼地说。张小武若有所思地想了想，忽然说道："有了！"

吃饭的时候，袜瑞看见张小武没吃米饭，张小武偷偷把一粒米用一张餐巾纸包好，犹如一个熟睡的婴儿。吃完了饭，袜瑞奇怪地问道："张小武，你为什么把米包好呀？米又不是婴儿。""你很快就会知道了。"张小武朝袜瑞眨巴着眼睛。袜瑞心中满是疑问。

放学的时候，张小武拿出那粒米，已经很硬了，对袜瑞说："你就说这个是牙齿好了，做个接牙手术不就好了嘛！"袜瑞差点吐血，但他还是接过了张小武的米粒。

　　爸爸妈妈带袜瑞去看牙医了。牙医问："这颗恒牙怎么掉了？"袜瑞有些犹豫，不知道要不要把米粒拿出来。最后他选择拿出来，说："牙齿在这里！""不对呀！"牙医有点怀疑："这，是米粒吧？"袜瑞面红耳赤，只好撒谎说自己近视了。

　　袜瑞有了一颗金色的假牙，就算这样他还是很开心的，因为同学们给他取了一个新外号，叫作"金牙王"。

打狂乌鸦病疫苗

今天，袜瑞很不开心，因为他今天要去打狂乌鸦病疫苗。这种疫苗很痛，注射器的针头也尖。

下课时，他向同学们诉苦。张小武说："我打过狂秃鹫病疫苗，可痛了，三天都不能下地走路。"马义轩也说："打狂燕子病疫苗也很痛，不过是打在屁股上的！"姚淋海也说他今天要去打疫苗。有了同学在一起，袜瑞终于有了点胆量。

时光在流逝，虽然有个姚淋海陪在身边，但袜瑞并没有减少太多恐惧。一回到家，袜瑞就躲了起来。倒霉的他，从姚淋海妈妈那里知道了，姚淋海是明天打疫苗，不是今天。

到了诊所，医生拿着针一步步朝袜瑞走来。"呀啊啊啊啊！"袜瑞大叫。"好了，不要叫了。"医生慢慢地把针头拿开，袜瑞喘了几口气，心想："真希望下次不要再打狂乌鸦病疫苗了。"

跳大绳原来是面条

今天是学校一年一度的三跳比赛，同学们又紧张又激动，上课也心不在焉的，议论纷纷，令艾老师十分苦恼。比赛场上，有跳绳甩到地面上的声音，啦啦队激动的呐喊声，裁判吹口哨的声音。终于比完了，但仍旧步步惊心，因为扣分最厉害的跳大绳环节还在后面呢。这个环节，不论高矮，全班都得参加，除了生病的。

这次的跳绳是白色的，你仔细闻，有一股面条的香味。但同学们不管三七二十一，哨子一吹，就一个一个地往里面跳。可同学们觉得越来越奇怪了，绳子上面怎么有苍蝇和蚊子呀？比赛完了，同学们才发现，原来这根长绳是面条呀！

温泉节

今天是同学们最喜欢的温泉节，学校的温泉大家都听说过！室温34度，水温33度，同学们都很向往呀！但是在温泉节的前一天都会考试，老师按分数高低，决定哪些同学去泡温泉。决定的几位泡温泉的同学名单是这样的：空彩诚99.5分，陈着衣98分，间狼莉莉97.5分，张莉丽96分，间狼三太子95分。男生都羡慕地看着间狼三太子，间狼三太子得意地笑了笑，拿起泳圈就去温泉池了。

温泉真的很舒服，这就是考试考得好的回报啊！泡温泉的同学一边用得意的眼光看着没被选中的同学在教室里补课，一边放松地享受美好的温泉。

啊，第八届温泉节！

啊，难忘的温泉节！

我不是牺牲品

最近，班里的男生老是玩打仗游戏。里面当然有人质喽。男生们都怕死，不要当人质，所以他们都抓女生来当人质。这个游戏女生都不感兴趣，就更别说当人质了，当然不乐意喽。男生们还玩打猎游戏，玩印第安人游戏，他们让女生装成外地人，自己就趁她们走过来的时候去抓，这样真的一点意思也没有。

为了防止女生去告诉艾老师，办公室门口还站着几个"保卫老师"的"保安"，其实就是不让女生去告诉老师。

唉，当个女生真悲惨！

崩溃

这天天气干燥，袜瑞想吃榴莲了。榴莲是袜瑞的最爱，袜瑞有个"袜榴莲"的绰号，他还为榴莲写过一句诗："榴莲满天下。"看得出，他真的非常喜欢吃榴莲。

袜瑞的邻居家有许多榴莲，袜瑞决定去摘一个吃。邻居同意了，袜瑞不住地感谢。树太高了，袜瑞摘不到，发现地上有一个榴莲，就想捡起来吃。天啊，这原来是碧猬，是法兰斯的一种刺猬。袜瑞吓得赶忙把碧猬扔掉，让邻居帮他摘了一个下来。

红樱桃不是红青桃

　　这几天语法考试，袜瑞总错在"樱桃"和"青桃"上面，总是把"樱桃"拼成"青桃"，把"青桃"拼成"樱桃"。两个字拼起来很相近，樱桃在法兰斯文中是这么拼的：FJADCM，青桃是这么拼的：FJADCN。

　　同学们都想帮助袜瑞改正这个错误，可袜瑞一点都听不进去。为了给袜瑞找个更好的例子，空彩诚提到了袜瑞和画瑞，这两个也很相近。袜瑞是这么拼的：MTVNNJCE，画瑞是这么拼的：MTVNNJCAE。通过仔细辨别，袜瑞终于知道"樱桃"和"青桃"怎么拼了。

　　　　　　　　　　　　　　　　2016年3月18日

校园寻宝

星期五，临近期末，大家都开始放松了。于是有了袜瑞校园寻宝的事。

袜瑞有一天在家里栽花草的时候，看到了一张藏宝图，而藏宝的位置就在他们班。袜瑞欣喜不已，一蹦老高，他召集了班里的几个男生，趁下课开始"大搜查"。他们翻箱倒柜，同学们都开始抱怨了。经过这次"大搜查"，有些同学橡皮不见了，有些同学作业本不见了，还有些同学铅笔不见了，同学们根本都不知道是怎么回事，就已经失去了好多东西。

最后，就差卫生角没有找了。大家打开卫生角的柜子，经过搜查后，竟发现柜子的底板上有一块小门可以打开。几个大胆的男同学一不做二不休就爬进去了。幸好里面有梯子，大家都没有摔成狗啃泥。看见那些男生下去了没事，有些胆子大的女生也想下去看看了。一转眼，班级里就只剩两个同学在看书了。大家拿着一盏灯进去搜查，因为里面根本就伸手不见五指，还有"呼呼"的声音。有些胆小的女同学经不住考验，就连忙上去了。这个梯子很长，大家一直爬到地下三十层那么深，有些没耐心的同学也爬上去了。

　　转眼就只剩下了袜瑞和张小武，他们爬到了最底层，已经感受到了岩浆的热度，按照藏宝图来说，打开这个石洞，就可以拿到宝贝了。他们打开那个石洞，你猜里面是什么？王羲之的《兰亭序》竟然就放在里面。两个男同学开心地叫了起来。

男生队女生队

礼拜天，袜瑞阴阳怪气的，总把自己锁在房间里。早饭、午饭都没有吃，空彩诚见劝不动，就和朋友们踢足球去了。

袜瑞突然心生一计，他想出了一个游戏——男生队女生队。这可不像他们以前一年级玩的追来跑去的游戏，这是个惊险、刺激、藏宝、抓人的游戏。袜瑞赶快吃了点东西，跑去跟朋友们说自己新想出来的游戏。朋友们都一致同意，说袜瑞的鬼点子真不少，这个主意尤其好。因为这个游戏是袜瑞想的，所以袜瑞当男生队队长。空彩诚当女生队队长。

每个队都有一个属于自己的营地，袜瑞的秘密营地在发现王羲之《兰亭序》的那个秘密地下通道里。空彩诚的秘密营地是前些天自己用木头和纸板搭起来的树屋。那棵树种在空彩诚家后院里，上面有秋千、滑滑梯，可好玩了。但袜瑞已经声明过了，这游戏不是闹着玩的，是要打仗的游戏。

空彩诚在树屋里给队员们讲待会要怎么打仗，刚打开地图准备开讲，袜瑞一组就打过来了。空彩诚一组见状，赶快开溜，幸好袜瑞不知道怎么上来，因为要上这个树屋，可是要密码的，袜瑞不知道密码，只能在那里乱输。身手灵敏的空彩诚抓着藤条"走钢丝"，别的同学不会爬藤条，就掉进了底下的游泳池里，呛了一大口水。但她们赶快爬起来，不怕身上的疼痛，站起来打仗。

空彩诚忽然想到了什么，她把昨天舅舅送给她家的一盒鸡蛋拿出了三个，袭击袜瑞一组。袜瑞一组连滚带爬地逃到了他们的秘密营地，空彩诚分给队员们一个甜甜圈作为奖励。袜瑞邻居张小武忍不住也想来玩，参加了袜瑞的小队。

最后，空彩诚小队和袜瑞小队，以5∶5的成绩平局。大家都很不服气，想分出个胜负。唉，这次恐怕是不行了。再接再厉吧！下次再玩！！

考试中的幽默

自从袜瑞得到了王羲之的《兰亭序》，书写就好了不少。快要期末考试，书写可是要评分的，听说还是考试重点。袜瑞还是非常担心，他一年来最怕的就是期末考试，而且是暑假的。因为一年过去了，暑假的考题比寒假的要难呀。这次就是暑假期末考试。袜瑞非常希望自己能考好，但又规定了"三天打游戏"，也就是中间要隔三天打一次游戏。

可他还是管不住自己，中间只隔了一天就开始打游戏。他的爸爸曾说过他是一个痴货，说他最着迷的就是打游戏了。但是他不光批评袜瑞，还批评袜瑞的姐姐袜茜妮和他的弟弟袜里臣比他更爱打游戏。爸爸说，你们几个长大了都没出息。

进了考场，袜瑞拿起考卷就不停地做。老师呆住了，他看袜瑞眼睛都没看试题，怎么就开始写答案了，又揉了揉眼睛，认为自己看错了。袜瑞也已经不相信自己了，他竟然能不看试题就做出答案。很快，他就做完了。看看旁边的张小武，一行字都没写完，他忍不住哈哈大笑起来。张小武停下了笔，非常奇怪地看了看袜瑞，袜瑞才假惺惺地说了声"对不起"。

终于发考卷了。袜瑞认为自己一定是一百分，没想到只考了85分，是班里的倒数第七名，看看空彩诚，又是第一名。老师让袜瑞说出自己的错误，袜瑞左思右想，想了半个小时才想出来了。他郑重地说："因为我过分地紧张，而导致不看试题就做答了，很快就做完了，看了看张小武没做完，我有点得意忘形了，没想到这次张小武竟然得了第二名——99.5分，我要向我的同桌学习，努力！"

老师流出了感动的泪花，说："袜瑞讲得对，只要你努力了，你就是真正的100分！"

2016年2月24日

期末考试

今天期末考试，大家纷纷议论新来的监考老师。监考老师是位男老师，鼻梁上架着一个小眼镜，咖啡色的头发竟然扎成了一个马尾辫，两只耳朵上还戴着精美的耳环。大家都说这个男老师是女扮男装的。"现在不是下课时间，这位是新来的监考老师，你们应该好好复习。"班长空彩诚说。大家作鸟兽散地回到了自己的座位上，空彩诚也坐回座位上，认认真真地看语文书。

空彩诚有一本小宝典，可以让她考试做到满分，我们也一起来读一读吧！

语文小宝典

（一）反复地大声读语文书。

（二）做出总结。

（三）睡觉前和早上各听一遍语文磁带。

（四）一边散步一边复习语文书。

（五）与同学对话。

（六）不大把握的，多读几遍。

（七）练美观的字。

（八）多看书，收获考古知识。

（九）平时要多了解生活，作文才能写得好。

（十）考试时不能紧张，放下心来慢慢地做。

考试前一天晚上，袜瑞还在通宵达旦地打游戏，空彩诚已经要睡觉了，躺在床上听语文磁带。袜瑞的游戏声音太吵了，把语文磁带的声音都盖过了。"烦不烦呀？你能不能做点有意义的事呀？"空彩诚生气了，她坐起来说。袜瑞做了个鬼脸，吐了吐舌头，继续打游戏，"你怎么就不听呢？"空彩诚皱起眉头问。袜瑞这才抓抓身子，换上干净的衣服，躺到床上来。

第二天一大早，妈妈为了让孩子们考到高分，做了"必胜"早饭给他们吃。早饭是这样的，一个盆子里最左边放了一根油条，中间放了一个鸡蛋，右边放了一个鸭蛋。"你们一定要拿高分回家呀！"妈妈鼓励他们说。空彩诚点点头，袜瑞好像没有听见。

来到考场，一个古怪的男老师站在讲台上。大家拿起考试卷子就开始做。有一道题袜瑞没把握，"糟了，我写错了。"袜瑞自言自语道。

语文和数学都考完了，下午才能知道结果。十点一直到十二点，同学们都可以玩。大家都疯跑出去了，只有空彩诚一个人坐在座位上复习。她望望操场上那些奔跑的身影，叹了口气，"唉，怎么就这么爱玩呢？"她又无奈地看起书来。

一直等到下午，古怪的男老师又来了，男老师拿来了一个七彩色的礼物盒子和好多张卷子。"空彩诚同学，100分；张莉丽同学，99.5分；张小武同学，99分；姚淋海同学，98分；马义轩同学，97分；陈着衣同学，96分；间狼莉莉同学，95.5分……最后一名，袜瑞同学，9分，严重批评，暑假好好反省吧。"老师郑重地说道。他把那个礼物盒子送给了空彩诚。

晴天霹雳呀。袜瑞的脸一下子就变了，本来他还以为他会考98分的。同学们有说有笑地看着袜瑞，又用嫉妒的眼神看着空彩诚。袜瑞不想出去玩了，他一点心情都没有，"你已经有进步了，你从0分变成了9分。"空彩诚安慰他说。

"为什么只有你能考100分？为什么你是完美无缺的？"袜瑞问空彩诚。

"我也不是完美的呀！我有一次考了99分，输给同桌陈着衣了，我也非常的惭愧。我就想着我下次要加油，超过我的同桌。你要多向张小武学习呀，他可是你的好同桌！"空彩诚一口气说道。

"我讨厌张小武，他还把你作业给擦掉了，你还这么喜欢他呀？张小武明明就是我们班的不法分子。张小武，那个张小武！"袜瑞嘟囔道。

"也不是说一定要向张小武学习的，你也可以向其他优秀同学学习呀！你已经有进步了，我决定把我的礼物盒子送给你！"空彩诚说道。

"谢谢！我不用。我已经感受到我进步了，我不需要你的礼物，我要坚强起来，我的梦想就是100分！"袜瑞站了起来，眼泪立刻止住了。

于是空彩诚和袜瑞就开开心心地拿着礼物回家了。

一回到家，空彩诚就拆开了礼物。天哪，里面是一个漂亮的徽章，上面写着：闪亮之星。空彩诚非常高兴，她把这枚徽章别在胸前，像雄壮的大母鸡那样精神抖擞。袜瑞在房里看书，可空彩诚仔细一看，书里夹着一个游戏机，空彩诚差点要晕过去了，袜瑞真的想和好成绩交朋友吗？

天下可没有免费的午餐！

2016年1月25日

最难得的"一百分"

今天考试了,考卷分两部分,语文测试和心理素质测试。这可是袜瑞的强项哦。但他老是学归学,考归考,所以分数不怎么高。

"开始",老师一声令下,同学们飞快地做了起来。过了五分钟,袜瑞就做完了,也没检查就交了上去。同学们都嫉妒袜瑞,因为心理素质测试是最难的科目了,上面的题目十分难做。袜瑞这个坐最后一排的男生怎么能做出来?现在可好,同学们都聊起了袜瑞,袜瑞得意了,他现在红了。

语文老师走了进来,"安静一点,袜瑞,你来做代理班长,在上面管纪律!"老师严厉地说。袜瑞皱皱眉头,走上讲台,同学们都怕语文老师,只能安静下来。

袜瑞不开心了,他现在不是大红人了,于是就对全班说:"我宣布,同学们都得讨论我为什么做得这么快,都得表扬我!"同学们就都交头接耳地讨论起来了,但有些同学不想讨论,就继续做题目。袜瑞听见他们说不喜欢自己的话,赶快拿红笔记在了检讨名单上,那些人立即慌了,也只能皱着眉头讨论袜瑞。

　　第二天，终于知道了成绩。袜瑞的好同学黄佳琦来问袜瑞考了几分，黄佳琦两个都是93分，因为黄佳琦是隔壁班的，所以不怎么知道昨天考试的情况。"100分！"袜瑞骄傲地说。"真的吗？让我看看。"黄佳琦说。"给你！"袜瑞头也不抬地说。

　　啊，这真的不是100分！语文测试10分，心理素质测试0分，拼在一起才是"100"分呀！

2016年4月5日

一本有童年清香的日记

日记一（空彩诚）

2015年1月1日　星期四　天气：雨夹雪

　　新的一年到来了，整个世界都感觉有所不同。雪花纷纷落下，里面还夹着一种欢乐和喜庆。我穿上了新衣裳，红袍就像一块红色宝石。打开贴着"福"字的大门，鞭炮声在欢迎着我们，烟花在为我们歌唱，雪花在为我们舞蹈，2015年的大门就这样欢乐地打开了。我们堆雪人，打雪仗，一片欢乐。

　　接近一天的尾声，1月2日的钟声即将敲响，带给我们的是一片想象的天空，而不是遗憾的悬崖。

日记二（袜瑞）

2015年3月19日　星期一　天气：雷阵雨

　　我和朋友路德维克在踢足球，突然下起了大雨，路德维克慌张地躲进了一个小亭子，这时上课铃响了。亭子前的雨坑很多，后操场的小亭子离教学楼也远，大家不知道该怎么走才能去上课。下节就是体育课，把鞋子弄湿了，就不能做体育游戏了。我和路德维克最喜欢做体育游戏了，一星期只有礼拜二有体育课，可要好好珍惜呀。我和路德维克惊慌失措，不知如何是好。小亭子和教学楼之间隔了一个乒乓球房和游泳馆，还有一个保安室，保安室旁边还有一个大大的食堂，鬼点子多的我马上就想出了一条妙计。我们把脚尖踩进水里，踮起脚跟，很快就顺利地走到了游泳馆附近。游泳馆附近的小竹林是大家都没有去过的地方，老师为了不让小朋友们去那里玩，都说那里有鬼。男孩子们也都这样欺负女孩子说。其实我早就知道了，小竹林里是老师的办公室。

终于回到了教室，可人影都没有了，可能大家都下去做游戏了。班长丁小美走了过来，终于有一个同班同学了。丁小美是班里最灵清的一个，大家都称她为班级代表。可仔细一看，这个女孩子长得跟丁小美很像，但她不是丁小美，她是隔壁班和丁小美长得很像的一个女孩子，白高兴一场。今天恐怕是不能玩游戏了。

日记三（袜瑞）

2015年7月13日　　星期一　天气：多云

到了暑假，爸爸带我去海南旅行。海南是个怎么样的城市？这次旅游就会揭晓答案了。坐上了飞机，我看着天边的一缕阳光，看得发呆。爸爸轻轻推推我的肩膀："好孩子，吃点薯片吧。"我吃了点薯片，然后就到海南了。我喜欢海南，我要把海南拍下来，送给朋友们一片海南。

日记四（空彩诚）

2015年9月27日　星期天　天气：阴转多云

今天的月亮是最圆最满的。月饼就是团圆的象征，我和朋友们一起去赏月，月亮在对我微微笑,好像在说"你好"。

一年只有那么一次，但今天的赏月特别的成功，我不仅看到了美景，还看到了我的心。我认识了自我，我要战胜自我。月亮，谢谢你帮我战胜自我。

日记五（袜瑞）

2015年10月11日　星期天　天气：阴转小雨

做完了作业的我，百无聊赖地望着太阳。无聊的时候，我就看着太阳，至少太阳还能陪着我说几句心里话。两只燕子从我头顶飞过，不是有句俗话说："燕子低飞，就要下雨了吗？""刚才出去给同事送东西的爸爸，没有带伞，被雨淋着了可不好。"我想。我赶紧穿上雨衣，拿上雨鞋和雨伞，赶忙给爸爸送去。

爸爸的同事家离我家很远，要坐公交车转乘巴士才能到，我不知道爸爸同事的家住在哪里，就在公交车站等着爸爸。一辆一辆汽车开过了，爸爸坐的158路公交车终于到站了，我兴奋地跳了起来。可没有爸爸的身影。我白高兴了一场。

等了半个小时，爸爸的身影才在我面前出现，他高兴地拿过雨伞雨鞋，摸摸我的头，夸我真是个能干的孩子。

日记六（空彩诚）

2015年11月29日　星期天　天气：晴

今天老师要去开会，管理班级的大权落到了我的手上。我得意扬扬地走上讲台，趁着我不注意，马义轩和张小武开始接头交耳地说起我的坏话来。坐在前面的张莉丽马上说："报告，空班长，马义轩和张小武说你是猪头。""猪头个屁呀！你们要受批评吗？我看这是你们应得的。"我用我那洪亮的大嗓门大喊道。马义轩和张小武都被吓了一跳，我用狐狸一样的目光盯着他们，他们佩服得五体投地。下课的时候，几个男生在操场上打架，我走过去，说："上午批评过你们了，还不够吗？你们说要我怎么批评，你们才接受。"男生们只能不打了，他们嘟着嘴巴回到了座位，嘴上至少能挂个油瓶。

这时老师来了，他们不情愿地接受惩罚。

日记七（空彩诚）

2015年12月24日　星期四　天气：晴

圣诞老人送给我什么礼物？明天就能知道一切啦。

下课铃声一响，同学们就开始讨论这个有意思的节日了。有些同学说没有圣诞老爷爷，有些同学说有圣诞老爷爷，有些同学说圣诞老爷爷是爸爸妈妈扮的，同学们的话让我既疑惑又兴奋。

晚上，我迫不及待地爬上床，把圣诞袜一挂，希望圣诞老爷爷能在里面放上一件完美的礼物。我还想说："圣诞老爷爷，您辛苦了。"

日记八（袜瑞）

2016年1月4日　星期一　天气：阴

今天我去参加朋友空彩诚的钢琴独奏演唱会，她要代表我们学校去外地表演。"lala dodo mimi rere fafa，小鸟小鸟飞过来，小猫小猫爱吃鱼，小狗小狗要吃肉，小鱼小鱼我爱你。天边的星星点燃了我的心，放下一颗美好的种子。种子慢慢长大，长成一棵心愿树，我品尝幸运果，味道真叫甜！"空彩诚用甜美的声音唱道。大家都鼓起掌来，我举起了彩旗大声欢呼，"唱得不错，空彩诚，继续努力"。

每天，空彩诚六点多就要起床，她在浴室里练唱自己最喜欢的歌——《我爱你爱到永远》。"我爱你爱到永远，你变成一滴水，我变成一条河；你变成一根草，我就是那大草坪；你是泪水，我就是眼睛。我爱你爱到永远！你变成一只鸟，我变成大鸟巢；你变成红领巾，我就当小朋友，把你紧紧拥抱紧紧拥抱！我爱你爱到永远！天亮了，小鸟在枝头叫，我依然陪在你的身边。"空彩诚大声唱着。

我站在门口，兴奋地叫着："唱得不错。""其中的'我就当小朋友'，音偏低了。"空彩诚仔细地看着乐谱。

空彩诚就要去演出了，我非常期待着。她到现在还在外面演出，我希望她能给我们学校赢得一份好成绩。

2016年1月15日

空彩诚之快乐日记

一、看日出

2015年2月21日　星期二　天气：太阳公公笑弯了腰

今天，我早早起床，和家人一起去龙井山梯田看日出。

坐上车，远远望去，一缕金光早已升在天空中，爸爸还一边抽烟一边哼歌，完全没有料到马上就要让太阳赢了这场比赛。

终于来到了龙井山的鹰勾梯田，这里群山环绕，旁边的水晶湖也是一道美丽的风景线，就更别说种在梯田上的龙井茶了。喝一壶暖暖的龙井，鹰勾梯田上的农民们的每一滴辛苦就在里边了，看一看早上的日出，一道美丽的风景就变成了让人难忘的记忆。

终于，我们赶上了太阳，先是一缕耀眼的红光升起了，仿佛一个巨大的人把天给托起来了。再是一朵朵青云缓缓地升了上来，黄色的光、红色的光、白色的光，犹如三个不同颜色的小精灵，撒下一面轻纱，把大地姑娘变成了美丽的女子。

怎么回事？青云中间有一道耀眼的光，原来是太阳，它在和我们捉迷藏，躲到了青云中央。两只黄鹂飞过，云散开了，腼腆的太阳终于露出了自己的面貌，变得越来越红了，越来越害羞了。虽然很累，但是我觉得这次看日出非常值得。

艾小薇老师评语：空同学写的作文一向都很棒，这篇作文可以和你写的散文《含羞草》相比，都很棒。

二、学游泳

2016年2月1日　星期六　天气：微风笑红了脸

我的朋友袜瑞是只乌鸦，他游泳时只会狗刨。妈妈一心想要他学会自由泳和蛙泳，可袜瑞每次去都狗刨，这令妈妈十分不高兴。

我会蛙泳，但是不会自由泳，所以我也跟着袜瑞一起去学游泳。我们的教练姓美，叫美馨扬，是一位女教练，十分年轻。她先教我们手臂的动作，我们很快就学会了，然后又教我们腿部的动作，我们也学会了。最后，就到最难的换气了，我可真怕袜瑞坚持不下去啊。老师让我们到水里，说要我们憋气给她看，这可是我的强项。我不顾三七二十一就把头给低下去了，没想到呛了一大口水。妈妈朝我皱了皱眉头，袜瑞还在憋，我真不敢相信袜瑞能憋这么久，所以我要看看这个人是不是真在憋。我把头低了下去，啊，袜瑞是捏着鼻子的。他憋了二十多秒才上来，妈妈不知道他是捏着鼻子的，还表扬了袜瑞。接下来不仅仅要憋气，还要换气了。老师对我们说，实在忍不住的时候，要上来紧吸一口气，然后马上下去。又说，自由泳的时候抬起来的那只手，就是头转过去的方向，趁机紧吸一口气，再上来。我大胆地试了试，感觉不错，又游了一会，游到了深水区，我可有点怕了，慌张地狗刨起来了。过了不久，又呛了一大口水。这样我对学自由泳可没什么信心了呀。袜瑞也游了过来，他高一米五三，水深一米七那里肯定能游过。啊，没想到没想到，袜瑞一下子慌了，因为他的泳镜松掉了，过了不久，他也呛了一大口水。时间到了，我们恋恋不舍地离开了游泳馆。

　　嶙秋清老师评语：这篇作文内容丰富多彩，而且写得生动又形象，比如"袜瑞一下子慌了，因为他的泳镜松掉了"这句话非常符合现实生活。还有"啊，袜瑞是捏着鼻子的"写得精练有趣，一句话就交代清楚了。唉，真是下笔如有神呀！连我这教数学的都能看得懂这么一篇作文。我们俩也真的很懂对方耶！

2016年4月5日

游泳锦标赛

　　这几天，袜瑞一直在班上胡作非为，老师同学都厌恶他。最近班上都在讨论怎么样才能让袜瑞除去这个坏毛病。最后，大家的目光都落在了袜瑞同桌——张小武的身上。

　　"我有一个主意，袜瑞这么的自骄自傲，我们就开一场游泳锦标淘汰赛，让袜瑞知道自己没有想象中厉害。"张小武若有所思地说。"就这么定了。"大家一致通过。

　　没想到袜瑞早就在后面听着了，"是吗，你们没门赢过我。"袜瑞冷冷地说。

　　"游泳锦标赛就在后天，"张小武说，"还要淘汰哦。"

　　第二天是星期六，袜瑞没有在家好好准备，反而和朋友去了电子游戏城。袜瑞在路上越想越觉得怪，空彩诚一大早就没了身影，他不知道全班除了他都在游泳池训练。但袜瑞不愿多想，他已经把游泳锦标赛给忘了。这时，同学们已经学会跳水了，有些厉害的同学都已经会蝶泳了。他却什么也不会。

　　打了半天的游戏，袜瑞打着哈欠挂着鼻涕回了家。空彩诚坐在书桌边看书，"你这半天去哪里玩啦？"袜瑞问。

"什么去哪里，我不就在游泳池吗？"空彩诚疑惑地说。"去游泳池干吗呀？"袜瑞问。"训练呀。"空彩诚说。"为什么训练？"袜瑞问。"你忘了明天的游泳比赛了？"空彩诚无奈地说。"天啊！游泳比赛，我怎么现在才想起来！"袜瑞一拍脑袋不知所措地说。"吃晚饭啦，孩子们！"妈妈站在门口说。没什么希望了，因为已经吃晚饭了，袜瑞彻底绝望了。

袜瑞一点胃口也没有，但他知道空彩诚妈妈的脾气，还是去吃饭了。可乐炖鸡翅原本是袜瑞的最爱，但他今天只吃了一只。他感觉自己在做噩梦，他希望这个梦能早点醒来。可他都吃出可乐炖鸡翅是什么味了，这怎么可能是个梦呢。

晚上，袜瑞哪儿都没去，他在家里温习功课，但功课和游泳不是一回事。空彩诚作业做完了，在客厅看电视。袜瑞的泪水扑哧扑哧流下，但哭是没有用的，袜瑞真后悔自己为什么在班上胡作非为，为什么把老师的粉笔换成毛毛虫。袜瑞决定勇敢起来，因为没有什么能打倒班上的调皮大王袜瑞。他趁空彩诚不注意买了个隐形游泳圈，但他知道差生商店的东西贵得很，一个隐形游泳圈200块，自己只有150块，他从空彩诚的储蓄罐里偷偷拿出50块。空彩诚可是班里大名鼎鼎的"富翁"，她有3500块，还有1000块捐给贫困山区了，她还捐过衣服。

袜瑞买好隐形游泳圈，高高兴兴地回家了。"你去干吗了，袜瑞？"妈妈着急地问。"和朋友打篮球去了。"袜瑞瞎编一气。"下次要和我们说一声。"空彩诚爸爸说。"哦。"袜瑞嘟囔道。袜瑞脱掉衣服，上床睡觉去了。

第二天一大早，袜瑞早早起床。吃完了早饭，空彩诚和袜瑞火急火燎地坐上了学校巴士。

来到法兰斯游泳馆，老师和14个同学已经等在那里了，过了半个小时，人才集齐。大家换上泳装，第一轮比赛，全班参加。游泳教练一声令下，同学们都不甘示弱。袜瑞的隐形游泳圈反而游得不快。很快就有同学被淘汰。袜瑞虚惊一场，没被淘汰。

第二轮，仍旧步步惊心，30个同学你看着我，我看着你，谁也不让谁。教练吹了吹口哨，30个同学几乎同时跳下了水，溅起一片大大的水花。这一次，9个同学被PK掉了。

第三轮比赛开始了。袜瑞因为没控制好，鼻子吸进了一口水，而且游泳圈被勾破了，别的人都游到了袜瑞前面，袜瑞不甘示弱，接着游了上去，但因为游泳圈漏了气，袜瑞失去了控制，游到了别人的泳道上去，其他被淘汰的同学都嘲笑袜瑞。袜瑞挺不高兴的，他只能慢慢地游过去，生怕游到别的泳道上去。袜瑞是最后一个到达终点的。

袜瑞和另外5个同学被淘汰了。看着别人用讽刺的目光盯着自己，袜瑞面红耳赤，不知所措。隐形游泳圈也被扎破了，自己还有什么好说的呢，只能认输了呗。但袜瑞不情愿把自己作弊的事情告诉大家。

他正在这么想的时候，张小武拍了拍他的肩膀，说："哟，袜瑞老兄，我刚才好像听到了什么东西漏气的声音诶！""没有吧，出现幻觉了吧？"袜瑞说完，鼻子不知不觉地长了一大半。"哟，你鼻子上有胡萝卜诶。"张小武点点袜瑞的鼻子说。袜瑞不知道该怎么办了，只好向大家坦白了自己作弊的行为。大家皱着眉头，嘟着嘴巴，但一见到袜瑞道歉的样子，都原谅了他。

袜瑞说出了自己的作弊行为，感觉轻松了很多。他坐下来，专专心心看完了比赛。最后，冠、亚、季军拿到了不同颜色的奖牌，还拿到了法兰斯游泳馆盖过印章的证书。因为袜瑞坦白了自己的行为，也拿到了一张游泳票，所以说，他还是挺开心的。

经历了这次教训后，袜瑞在班上再也不胡作非为了，他又变成了一个乖孩子！

2016年2月9日

讨厌的运动会

　　"瞧瞧你们,这次考试考成啥样子了!下课之后都不要出去玩了,给我坐在座位上反思!"怒气冲冲的艾老师唾沫星子直飞,连坐在最后一排的袜瑞的头发上都沾了不少唾沫星子。

　　"丁零零",下课了,同学们被呵斥了一顿,都坐在座位上不敢乱动,个个都神情紧张,眉毛都被分开了五厘米呢。袜瑞做好下一节体育课的课前准备,便对张小武说:"艾老师可真凶啊!"

　　"是啊!"张小武也这么认同,"在这样的环境下成长,我真是受够了!"

　　坐在前面的陆珈友得意地把头转了过来,笑嘻嘻地说:"哈哈哈,你们也真够倒霉的,才考了64分呢!"

　　"你当然不会挨批啦!这次全班第二名又是你!"张小武生气地站了起来。

　　袜瑞也不服气地站了起来,这时,上课铃声响了,陆珈友这才把头转了回去。

　　体育老师金老师走了进来,他两手紧贴在桌子上,十分郑重地说："同学们，马上就要迎来我们一年一度的运动会了，我想大家都有些紧张吧？"金老师本以为同学们会答话，没想到下面默默无言。金老师有些尴尬，继续说了下去，"这次我们又加了一个新的项目——跑1800米。"金老师十分得意地宣布。

这下同学们可有话说了，他们在底下大声地议论。有的说，天哪，那可倒霉了！有的说，是啊，不知道我们班谁要背这块大石头啊？有的说，就是，万一中暑了，谁负责啊！还有的说，嗯，跑1800米太不靠谱了，戏弄我们是吧？

"停停停！"金老师一声怒吼，"同学们，安静一点，跑1800米虽然困难，但跑进前六的都奖励好学生卡3张哦！""哇哦，好学生卡！"同学们惊喜地你看着我，我看着你。那可是同学们梦寐以求的东西啊。

金老师看同学们已经有点兴趣了，继续得意扬扬地宣布说："所以，这节体育课，我们要下去测测1800米，这次只是预赛，总决赛在下个星期举行。"

到了操场，同学们便开始比赛。"预备，跑！"金老师一声令下。第一组的同学们立刻反应过来，冲了出去。每组的同学都给自己的组员热烈加油。空彩诚一马当先，间狼三太子落在最后。渐渐地，间狼三太子跑不动了，其他几个同学继续跑，但不论怎么跑，都追不上空彩诚。空彩诚得了第一，进入半决赛。

总算下课了，同学们已经累得喘气的力气都没有了。正准备回教室时，金老师大声说："停停停，大家都记住了，明天早上七点半来彩排！"

"天哪！这还让不让人活了呀！"袜瑞有些气愤地说。

放了学，袜瑞娇气地对空彩诚说："明天七点钟就要起来彩排，你说说我该怎么办啊，空空？"

"哈哈哈！"空彩诚笑了起来，"今晚早点睡吧！你跟张小武说晚上不去KTV会合了。"

"这怎么可能？！"袜瑞有些生气，"他实在太想去KTV了。"

"你一只乌鸦，唱歌又不好听。"空彩诚有些讥讽地说。

"哼！"袜瑞哼了一声。

到了晚上，袜瑞还是应邀出去了。

空彩诚还在家里复习功课。"看看啊！"她说，"袜瑞就想要去KTV，这次作业错了这么多，这家伙也真是的。"

半夜三更，袜瑞总算回来了。

空彩诚因为等袜瑞，也没有睡觉。"订正吧。"空彩诚似乎生气了，她冰冷地说。

"哇呜哇呜！"袜瑞大声叫道。

"还不快给我订正！"空彩诚一声大喝。

"哇呜哇呜……"

真是讨厌的运动会！

海洋大冒险

今天是放暑假前的最后一天，校车上七嘴八舌，大家都在议论暑假去哪儿玩。声音最响的就属张小武那个角落了。张小武得意地说："伙计们，暑假老爸要带我去巴西呢！你们呢？说说你们去哪儿。"坐在旁边的袜瑞受不了了，他讨厌张小武这副得意忘形的样子，站起来大声地说："有什么了不起的嘛！"

全班同学这么一听，目光都落在了张小武身上。张小武面红耳赤，咬牙切齿，根本不知道说什么了。全班同学一阵爆笑，袜瑞笑得特别开心。"你是不会有好报的！"张小武指着袜瑞吼道。"去你的！"袜瑞做了个鬼脸。

回到了家，袜瑞躺在床上一阵痛哭。空彩诚问："你怎么了，袜瑞？""呜哇哇，张小武去巴西那么好的城市，我们暑假就只能待在家里，太没劲了，我好想变成张小武呀！"袜瑞哭泣道。"那是做白日梦！"空彩诚说，"我帮你想想办法，有了，我们可以去海边玩呀！"

"海边都去过几次了，这太没意思了。"袜瑞不住地摇头。

　　"你有去过死海吗？"空彩诚问，"你一定没去过，对不？"

　　"死了的海？你跟我讲清楚，死海是怎么一回事！"袜瑞惊讶地问道。

　　"死海就是会浮的海，躺在那上面还可以打游戏。"空彩诚对袜瑞说。

　　袜瑞流着鼻涕，点了点头。

　　这时，空彩诚爸爸回家了，袜瑞觉得时机正好，来了个鲤鱼打挺，可怜兮兮地对空彩诚爸爸说："我们能不能明天出发去死海玩一玩呀？"

　　"呀，真巧！我也想对你们说这句话呢！我的同事明天要去死海，他可以带上你们俩！"空彩诚爸爸开心地说。

　　"YES！"袜瑞一蹦老高，他和空彩诚开始整理行李。但空彩诚爸爸只允许他们在那里待一个星期，因为一个星期后，他的同事就要回来了。

　　大家在整理东西的时候，爸爸在电话里跟那个同事商量这件事。爸爸对袜瑞和空彩诚说："搞定了，你们明天一定要起得早一点，那个同事会早一点来接你们的。"

　　"我们现在就去洗澡。"袜瑞说。

　　第二天一大早，他俩都不怎么适应，八点了还没醒过来。"哎呀，迟了！"他俩同时坐起来说。两个人赶忙穿好衣服，早饭也没吃，就急急忙忙地坐爸爸同事的车去机场了。

来到机场，大家才发现，他们的那班飞机晚点半个小时。袜瑞的肚子咕咕叫，因为他俩没吃早饭，饿得很呢。爸爸的同事热心肠地给他们一人买了一个饭团，"我应该叫你什么呀？"袜瑞问。

"我也姓空，你们就叫我大空好了。"大空热心地说。

飞机终于到了，他们检了票。空彩诚坐窗口，大空坐中间，袜瑞坐过道。他们都觉得很荣幸，觉得要感谢大空，因为大空给他们订的是头等舱呢，一定要付不少钱吧，哈哈。要坐两个小时，好睡的空彩诚忍不住想要睡觉。袜瑞活力很好，他正在打游戏，过了不久，他打着打着也睡着了。就只剩大空了，大空在看一本书，到了最后，大空也不知不觉地闭上了眼睛。

飞机降落了，三个人还是没有醒。幸好一位好心的妇人叫醒了他们，他们不住地感谢。又坐了半天的巴士，下午两点，大家才到了酒店。酒店离死海有点远，大家住的房间是8013号房，在顶楼，房间里有三张床，一人一张，袜瑞终于满足了，他睡最里面一张，突然，袜瑞想到了什么，说："游泳衣忘带了。"

第二天一大早，袜瑞没什么精神，因为游泳衣忘带了，不能游泳了。可向谁诉苦呢？因为大空是有任务的，他一大早就去开会了。两个小家伙偷偷溜到了海边，幸好袜瑞带了点钱，买了两件游泳衣和游泳圈。两个人开心地去游泳了。可游了一会儿，袜瑞就觉得无聊了。他看有人在潜水，也很想去，可掏掏腰包，只有15块钱了。潜水一人20块，该怎么办呀？可这难不倒袜瑞。他拿出自己的游泳圈，对路边的一个大人说："快点来买游泳圈吧！游泳圈很便宜的，15块一件啦！"很快就卖出去了，不过也只有30块钱。

这时，空彩诚也把自己的游泳圈卖了，他们一共赚了30块钱。加上刚才那15块，有45块。两个人立刻就付钱去潜水。

海洋里面的生物可新奇了，令袜瑞和空彩诚大开眼界。空彩诚甚至还把一株珊瑚戴在头上。这时，袜瑞突然看到了一个大洞，一看地图，这个洞和尼斯湖是连接的。"我们游到这个洞里去看看吧！"袜瑞招呼空彩诚说。

空彩诚点点头，答应了。突然，袜瑞被一个庞大的东西撞了一下，"这……这是尼斯湖水怪！"袜瑞大叫道。

"啊！"空彩诚一声大叫。

"别叫了，我们骑在尼斯湖水怪的背上兜风吧！"袜瑞笑着说。

尼斯湖水怪把他们带到了一个明亮的地方，"天啊，这里是一个海底尼斯湖水怪村，一个名副其实的村子。"袜瑞语无伦次地说。

"这些尼斯湖水怪还住房子呢！"眼尖的空彩诚说。

尼斯湖水怪热烈地欢迎了袜瑞和空彩诚，他们吃到了那个村子的特产——尼斯湖水怪饼干和蛇颈龙蛋糕，美味得不用说，比山珍海味还要好吃。

到了晚上，大空开会回来了，发现空彩诚和袜瑞不见了，他惊慌失措，不知如何是好。"这两个孩子怎么能溜出去玩呢？"大空自言自语地说。

他赶快拨打110。警察局派人全面搜查。这时，空彩诚和袜瑞已经在村子里进入了梦乡。他们完全忘了大空，他们现在开心得不得了。而且，这村子的床特别舒服，犹如豹子的皮毛一样柔软。

大空一晚上都没闭眼，都熬成了兔子眼了。

第二天一大早，警察局给大空说："没有找到。""他们一定溜到死海边去玩了，要到那里去搜查。"大空说。

警察们拿着空彩诚和袜瑞的照片，问有没有人见到这两个人到哪里去了。大家都不认识，只有那个潜水的老板说见过，昨天他们下去潜水，一直都没上来。买走袜瑞泳衣的那个人也说见过，不过后来就不知去向了。警察们潜水下去找，可那个洞早就被空彩诚和袜瑞封住了，大家谁都没有找到。

2016年2月14日

珠海长隆游

　　严老师是我们的生物老师，这天他讲到了海洋生物，有趣极了。先讲到的动物是海龟，它有一个大大的壳，脸边还有一个点，同学们都说这个是"老年斑"。严老师又让我们讲一讲不同种类的海龟，这得看我们的知识积累了。

　　袜瑞把手举得高高的，严老师请袜瑞来说。"我给大家介绍的是绿海龟，知道它为什么叫这个名字吗？因为它的血是绿的。"听到这，大家都张大了嘴，有的同学悄悄地说"这不可能"，还有的同学将眼睛瞪成了斗鸡眼。严老师示意袜瑞讲下去，他好像对这很有兴趣。"绿海龟生活在江海里，因为环境的变化，血变成了绿色。"袜瑞有些骄傲地讲道，严老师笑着点了点头，看来他对袜瑞很满意，同学们都有点嫉妒地看着袜瑞。"还有谁要继续讲其他种类的海龟吗？"严老师又问道。空彩诚左思右想也想不出来，一看班里的学霸成了这副样子，同学们也都垂头丧气了。

　　严老师看同学们对海龟有些不了解，就在电脑上放出海龟的各种图片给大家看，同学们总算有了一点海龟的知识。

转到了下一话题，讲的是乌贼，在海里其实就是章鱼。同学们对章鱼都很了解。严老师决定让同学们讲讲章鱼身上的各个部分。七嘴八舌地讨论了一番后，严老师开始提问："谁知道章鱼身上的墨汁是做什么用的？""我知道。"张小武举起了手。"张小武，你来说。"严老师说。"是章鱼的防身术，如果遇到了敌人，章鱼一喷墨汁，敌人就抓不到它了。"张小武讲解道。"非常不错，张小武，"严老师表扬道，"同学们，懂了吗？""不懂！"同学们摇摇头。只有空彩诚、袜瑞、张小武没有摇头。老师突然在电脑上看到了广告：去珠海长隆海洋王国游。"海洋王国？这对同学们一定有帮助。"严老师自言自语道，"过两天就是暑假，让同学们在学中玩，玩中学，一定很不错！"

晚上，严老师在微信群中发出了这个通知。家长们都一致赞同，日期就定在7月13日—17日。

7月13日上午，同学们坐上了飞机。大家都激动得不得了，七嘴八舌地，但是吃薯片的声音还是盖过了说话声。

到了企鹅酒店，同学们放下东西，去吃午饭。这里的餐厅很有特色，可以一边吃着饭一边看企鹅。一排最靠近企鹅的位置，都被同学们占满了。

第一个去玩的项目叫"海象山"，先坐船到山上，再从高处猛冲下来，同学们都穿上了雨衣。到了顶上，同学们一个个都胆战心惊的，几个同学还缩成一团。严老师笑了起来，突然冲了下去，严老师没准备好，嘴巴里进了好多水。同学们都笑了起来。大家都忘了是来学习的，都说要去玩冰山过山车，严老师不同意，要大家先去看海象，再去玩。同学们有些沮丧，但也只好先去看海象。海象一般是咖啡色的，还有胡子，海象的牙齿很尖，但幼年海象是没有牙齿的。同学们和海象合了影，也做了笔记，出口是家玩具店，有些同学挑起玩具来，"不想玩冰山过山车了吗？"严老师大叫。

同学们一听到这儿，马上奔了过来。冰山过山车也类似于海象山，先是要坐车到人造冰山上，再从七弯八扭的路上冲了下来，底下全是水，水喷起来可爽了，同学们都被喷湿了。

美好的时光总会过去。晚上到了，同学们离开了海洋王国，去看俄罗斯大马戏，马戏非常精彩。同学们都觉得"噩梦"这个马戏演得不错。虽然不大真实，但是早就把班里的几个胆小鬼吓得胆战心惊。内容是：一个大学生在睡觉，几个披头散发的女鬼把他关在了笼子里，再用麻绳把笼子围起来，放到火里烧。烧完之后，女鬼围着笼子跳舞，烟雾腾绕而上，几个魂灵一瘸一拐地走了过来。解开绳子，打开笼子，里面的大学生竟然不见了。

这时，几个魔鬼前面不知道是谁放了几面镜子，照上去，几个高几个矮，几个瘦几个胖，几个胖的鬼竟然变瘦了，几个瘦的鬼变胖了。鬼们逃走了，留下了粗粗的麻绳和空空的笼子。从笼子里竟然钻出了那个大学生，原来那个大学生没有被烧死。同学们都很惊讶，这个大学生到底是怎么回到笼子里的呢？

还有一个马戏也特别精彩，叫"仙境奇缘"。有一位穿着白纱裙的女王，骑着一匹咖啡色的马。马的后面跟着几只贵宾犬，是白色的。贵宾犬后面跟着几只真正的麦哲伦企鹅。麦哲伦企鹅后面还有一个工作人员扮演的大企鹅。几名穿着蝴蝶服装的女演员飞了起来，我们都没有看见线，好像进入了仙境一般。大家看到这里，都要陶醉了一样。但是麦哲伦企鹅不能在外面待很久，这个片段很快就结束了。

回到卧室，同学们都累了，一躺到床上就睡着了。

第二天一大早，同学们去看白鲸表演，要对白鲸有一定的认识。这个表演特别有趣，先是让前四名笑得最high的人到讲台上接受白鲸的吻，还可以拿到小礼品，但第一名的奖品会稍好一点。而这个笑得最high人的样子会出现在大屏幕上。呀！第一名是空彩诚和袜瑞。他们俩都接受了白鲸的吻，也拿到了小礼品，是一个卡通白鲸样子的胸章。而第二名的张小武拿到的礼物是一个白鲸形状的U盘。

又来到了买玩具的地方，袜瑞实在忍耐不住了，买了一个白鲸形状的充电宝，还是小米的。

2016年4月16日

恐龙世界

"袜瑞，已经8点零5分了。再这样下去，就赶不上飞机了。"空彩诚使劲拽袜瑞的被子。

袜瑞好像没听见一样的，还是呼噜呼噜地睡觉。"你还不起来吗？那我就要用我的绝活了。"空彩诚咬牙切齿地说。

空彩诚放起袜瑞最爱听的TFboys的歌曲，一个脑袋马上就探了过来，"我要听，我要听。"原来袜瑞在装睡啊。

"要听就穿好衣服。"空彩诚脸上一副严肃的样子。袜瑞不情愿地穿上衣服，他们开始整理行李了。"哦，宝贝们，再这样你们就赶不上9点30分的飞机了。"妈妈提醒他们说。

袜瑞根本就没理睬，他说："又没什么，不就是一个飞机嘛！"

果然，他们没有赶上飞机。爸爸今天很忙，妈妈也很忙。爸爸让孩子们用他的私人飞机飞去佛罗里达州度假，他说晚上他们会在宾馆里和他们会合的。

两个小伙伴乘上了爸爸的私人飞机。飞机上只有一名驾驶人员和一名服务人员，不过这飞机还挺大的，有卧室、有厨房、有客厅。去佛罗里达州要一天一夜，所以他们必须在飞机上睡觉。

空彩诚选了一间华丽的房间，房间的四周都是大大的帐帘，一张美丽的榻榻米坐落在房间的中央，榻榻米上有一个漂亮的白色毛绒熊。空彩诚把自己带来的丝绸被子铺在上面。

而袜瑞呢，他选了一间蓝色的房间，床头柜非常有意思，是一个汽车的形状，右边还有一个黄色的写字台。袜瑞真的非常的开心，因为在写字台上放了一叠恐怖僵尸卡片，袜瑞最喜欢收集这种令人呕吐的卡片了。他开心地笑了。凌晨一点，空彩诚和袜瑞都进入了梦乡。

第二天一大早，天才蒙蒙亮，袜瑞就醒了，服务员把吃的东西端到他的床上，请他慢慢享用。今天的早饭是糯米粥、南瓜饼、甜甜圈、龙游发糕，这些饭菜，让袜瑞胃口大开。

空彩诚还没有醒过来，她昨天晚上没有睡好，九点半才醒过来。服务员把饭菜端到空彩诚的房间，他们吃的都是不一样的。空彩诚吃的是蜜糕、纸杯蛋糕、冰激凌球球、菊花茶。空彩诚换了一条格子裙，穿上了白色 T 恤衫。

突然，轰隆一声，飞机失控了。飞机没有去往佛罗里达州，而越升越高，最后升到了一个他们不知道的星球。服务员和驾驶员都害怕极了，惊慌地不知如何是好，聪明又乖巧的空彩诚想到了一个点子，她自己会做氧气服，她拿来一些布料和羽绒衣，三下五除二，就做好了4套氧气服。

这个星球不像别的星球那么荒凉，它上面有丛林有房屋，难道这里住了外星人？奇怪的是，这个星球有氧气。空彩诚连忙让大家解开宇航服，穿着各自的衣服就下去了。

丛林里可真可怕，一会儿遇见霸王龙，一会儿遇见翼龙，一头肿头龙妈妈看到了这些不是他们星球的人，就说："如果不是我们星球的人，必须要在这里安家、生孩子、有工作，这样才不会被恐龙女王查到。"

"我们是小孩子，怎么生孩子？"袜瑞觉得很奇怪，他认为这头肿头龙是傻瓜。

"你们只要去家庭协会说一声，你们要在这里安个家，你们就不会被恐龙女王查到了。"肿头龙妈妈说。

空彩诚给肿头龙妈妈拍了一张照片，感谢她为他们指点。她要让爸爸看看自己拍的照片，肿头龙妈妈提醒她，不要告诉你爸爸我们生活在恐龙星球上，这样人类很快就会成为恐龙星球的统治者了。

空彩诚和肿头龙妈妈拉了勾，说一定不跟爸爸讲。和肿头龙妈妈告别后，他们就去了家庭协会，他们跟家庭协会的霸王龙说，他们要建一个家。霸王龙给他们指点了一个地方，恐龙小溪旁边。"在那里造家很不错。"霸王龙推荐说。

　　在家庭协会办好手续后，大家都松了一口气，这样就不会被恐龙女王查到了。他们有点饿了，可没钱。因为空彩诚把面包和糕点都送给那位肿头龙妈妈了。

　　他们拿了一些树枝，就在小溪边造了一间简陋的树屋。他们在里面分配好了房间，空彩诚和袜瑞睡一个房间，服务员一个房间，驾驶员一个房间，还有一个客厅，虽然有点小，但还是挺欢乐的。

　　有一只爱捣乱的小恐龙，每一天都要来他们这里烦他们。袜瑞觉得很生气，空彩诚却说这只小恐龙很萌，她把小恐龙当成了自己的宠物。她给它取了一个名字，叫作萌萌。萌萌就住在空彩诚床边的"小吊床"里。

　　"家"里就快没食物了，袜瑞叫空彩诚一起去打猎。"我不去打猎，这么珍贵的动物，你们忍心把它们给吃了吗？"空彩诚生气地说。

　　小恐龙也轰隆轰隆地表示反对。

　　一个下午过了，空彩诚和袜瑞带了一些水果回来，幸好他们看到了一只现代的鸭子，就把它带回来准备吃掉。空彩诚还带了一块羊排，可以烤熟了吃。驾驶员被叫去取火，服务员去地里用泥巴捏盘子和勺子，空彩诚和袜瑞玩起了躲猫猫的游戏，袜瑞以0比3输给了空彩诚。他们又玩123木头人的游戏，袜瑞又0比5输给了空彩诚，因为他的笑点太低了。

大人们回来了，他们把火生起来，开始烤羊排了。因为羊排还比较大，够他们吃好多星期，所以鸭子就成了袜瑞的宠物，他叫它嘎嘎。每天晚上他们都会把两个小动物放在"小吊床"里，袜瑞会给小鸭子嘎嘎讲鬼故事听，还说笑话给嘎嘎听。嘎嘎每次听鬼故事，都会听得笑哈哈。空彩诚呢，她会用自己的竖琴给小恐龙弹奏摇篮曲。她还会给小恐龙讲地球上的故事，每次小恐龙都会说，地球上的生活比恐龙星球上的生活有意思多了。小恐龙真想到地球上去看一看，认识张莉丽、张小武他们。

第二天一大早，爸爸妈妈就给警察局打了电话，说和宝宝们约在酒店里集合，却没有看到他们的身影。警察局搜遍了每一个地方都没有找到，只能沮丧地告诉爸爸妈妈——他们找不到了。

2016年1月9日

一本有趣的童话书

今天空彩诚发烧，下午没去上学，袜瑞送给她一本童话书，希望她能不无聊。

空彩诚望着窗外的小鸟和小花，她觉得无聊极了。正要拿水杯时，她顺手摸到了那本童话书，空彩诚一下子来了兴趣，她打开灯，坐了起来。

这本童话书有些古怪，看起来又烂又破旧，打开时一丝冷风从空彩诚身边吹过。空彩诚打起了哆嗦，但她还是鼓起勇气看起了书。

精彩的世界向空彩诚展开……

第一页是个奇怪的故事，讲的是一个女巫的魔杖，魔杖有一天不听女巫的管教，自己离家出走。

空彩诚越读越觉得奇怪，她都搞不清哪个是女巫，哪个是魔杖了。"魔杖离家出走？真搞笑！"空彩诚自言自语道。

第一个故事就这么稀里糊涂地读完了。

第二个故事讲的是白马王子和水晶公主，因为巫师的诅咒，他们的友情就这么被破坏了。空彩诚越读越觉得古怪，

"袜瑞爱看这种书？"她心想。

第二个故事也这么含含糊糊读完了。

第三个故事让空彩诚感到恼羞成怒，空彩诚已经想到了这本书是袜瑞写的。因为第三个故事讲的就是有一次考试，空彩诚没有考过自己的同桌。空彩诚生气地要把这本书给撕了，但她又想，这是袜瑞借给我的书，我是不能撕的。

第四个故事让空彩诚感到又优美又温柔，空彩诚很喜欢这个故事，她陶醉在那美梦当中，慢慢地，空彩诚缩小了。童书的大门向空彩诚打开，她钻进了那本书里。

"哎哟。"空彩诚摔在一个草坪上，她摔了个四脚朝天，痛得大叫。空彩诚忍着痛爬了起来，摸摸头，也不发烧了呢。可这个王国很奇怪，没有树，没有花，没有动物，也没有人。这个王国的名字叫作童书王国，这里没有人，只有微细胞生物，这里的细胞每天都要写好几千本童书，送给地球小朋友看。微细胞的脑子很灵活，手也动得很快，才不像空彩诚那样笨手笨脚的呢！

空彩诚被分到了写童书大学写童书。每天必须写上千本童书才能发工资，没写够的话，罚抄写500遍。"我要写上千本童书。"空彩诚因为脑子不灵活，没什么创意，一天只写了一本书，被罚抄写500遍。"我要写上千本童书。"别的微细胞嘲笑空彩诚没用。空彩诚可是很要面子的呀，在学校里，她可是同学们连连称赞的"空小老师"呀。这次

被这些细胞嘲笑成这样，空彩诚恼羞成怒，要是袜瑞在就好
了，要是他在，细胞们肯定会嘲笑他的。上次他写的那本破
童书，写得也很死板。

果真，放学铃响了，袜瑞背起书包，独自一人抄近道
回家。他又看见了张小武一伙，那几个人有说有笑地说要
去吃大汉堡，袜瑞的口水都要流出来了。但一想到生病在
家的空彩诚，他就快步跑回了家。可家里没有一个人，他
觉得奇怪极了。他突然发现妈妈的房间里不知啥时候多了
一面镜子。袜瑞走近看了看，那面镜子说话了："空彩诚
去了童书王国，你只要跳进我的镜面，就可以到达那里。""我
的头会撞伤的。"袜瑞看了看镜子，不放心地说。"没关系，
我的镜面其实是一面弹跳床，袜瑞小朋友，你是大男子汉了，
放心，就跳进来吧！"镜子和蔼可亲地说。"嗯。"袜瑞
点了点头，就跳了进去。

一跳进去，袜瑞就后悔了，他应该问问那面镜子，空
彩诚在哪里，还有哪里是出口。这时他看到一个熟悉的身影，
"空彩诚！"袜瑞扑了过去。两个人抱在了一起，任激动
的泪水尽情流淌。"我想死你了呀！"袜瑞抽抽搭搭地说。
"我更想死你了呀！"空彩诚泪水滂沱地说。"我们要在
这里写童书，该怎么办呀？"空彩诚像只受伤的羚羊，忧
愁地说。"那就写呗。"袜瑞冷静地说。"你，你不知道，
我，我很要面子的呀！他，他们嘲笑我，怎，怎么办？"

空彩诚含糊不清地说。袜瑞早就走了，"我们去写作吧。"他说。"一天要写上千本，你吃得消？"空彩诚觉得很奇怪。"上千本，我还以为就是写话呢！"袜瑞惊讶地要吐血。"我就说吧。"空彩诚说。"现在怎么办呀？"袜瑞跪在地上，向天大声说。

"有了，"空彩诚说，"用打印机复印。""好主意，我怎么就没想到呢？"袜瑞拍拍脑袋，自己问自己。"可有一个问题，内容不能一样啊！"空彩诚提醒袜瑞说。"也对啊。"袜瑞说。"那就用电脑打，再用打印机打印。"空彩诚又唱又跳地说。"对，对，你真是天才！"袜瑞连连夸奖地说。"就这么办！"两个人一拍即合。

就这样，他俩一天打了几万本书，被老板多次表扬。几个细胞都有点嫉妒了，他们七嘴八舌地讨论着空彩诚和袜瑞。空彩诚和袜瑞得意扬扬地坐在食堂的最前面吃饭。空彩诚吃的是：蜂蜜、牛奶、通心粉、金枪鱼和三明治。袜瑞吃的是：可口可乐、炸鸡块、劲爆鸡翅膀、吮指原味鸡、野猪肉、薯条、白蛇面、花生米、熊肉和羊腿。

空彩诚灵机一动，"我们写一篇关于饮食安全的书吧！""你这明明是在讽刺我吃得太多了嘛！"袜瑞嘟着嘴，不满地说。

2016年1月21日

人在囧途

　　昨天考试,空彩诚和袜瑞考得不好,被老师留下来罚了,很晚才回家。

　　"丁零零","起床了,空彩诚,袜瑞,两个小懒虫!"妈妈叫道,"早饭做好了,我们先去上班,你们快点起吧!"说着,就关上门走了。

　　又睡了半个小时,空彩诚和袜瑞才起来。"糟了,八点了。"袜瑞大叫道。两个人赶紧穿好衣服,戴上红领巾,吃好饭,朝学校飞奔而去。

　　可他们聊得太嗨了,走了一个小时,空彩诚忽然觉得不对劲,她对袜瑞说:"我们走了这么久,怎么还没看到学校啊? 总不会是走过头了吧?"袜瑞也点点头,"太奇怪了。"他说。

　　学校在柳琴公园附近,现在早已走到了柳琴电影院。袜瑞最喜欢电影院了,他根本没想迟不迟到的事情,把今天当成双休日了,拉着空彩诚就要去看电影。他们选了一场叫《人在囧途》的电影,袜瑞看得入了迷,这场电影是一个半小时的,袜瑞看完了,还想再看一遍,就又进了影院。

但袜瑞马上就回过神来，发现迟到了。

于是，和空彩诚又一次飞奔，他们跑到了海边，海边离学校远极了，开车去都要一个小时。"我们太伟大了，走到了海边。"袜瑞蹦蹦跳跳。

袜瑞又拿出零花钱，买了游泳圈和游泳衣，拉着空彩诚下海去游泳。游了半个小时，他们才上了岸，因为袜瑞看到了卖彩票的，想要去试一试。袜瑞是班里的彩票大王，每一次买彩票都能拿到大奖，这次也不例外，他中了一等奖。一等奖是一辆私人豪华出租车，袜瑞让那个司机帮他们开到学校去。开到一半，车子和后面的车碰在了一起，幸好袜瑞抓住了扶手没事，但空彩诚的手扭伤了。

司机赶快把车子停下来，靠到一边。袜瑞忙用自己的手机打了110。豪华出租车破了个大窟窿，这让袜瑞伤心极了。袜瑞最喜欢的就是车，如今自己的车破了，他还能高兴吗？马上警察就到了，他们讨论起来。最后，后面那辆车赔款1000元。袜瑞决定拿这1000元来修补自己的豪华车。可空彩诚的手扭伤了，他不知道钱是用来修车还是救人。最后，他拿出500元修汽车，500元给空彩诚。

警察处理完事情就走了，他们又叫了急救车，空彩诚也被送走了，袜瑞孤单极了，他只能和司机默默地聊几句。

到了学校，同学们已经开始吃午饭了。"袜瑞，你为什么迟到？"同桌张小武严厉地问。"你管得着啊？"袜

瑞没好气地说。"这话应该问问我的拳头！"张小武说着
就挥了一拳。

"空彩诚怎么没和你一起来呀？"艾老师问。

"送去医院了。"袜瑞说。他坐下来，把作业交了，也
开始吃起了午饭。

"叫你同桌张小武监督你做我们上午的作业。"艾老师
命令道。

"愿意效劳！"张小武敬了个军礼。

这下袜瑞可不服气了，他的冤家同桌怎么能管自己？
本来今天下午的篮球大赛主力选手是袜瑞，但袜瑞因为没
完成作业，主力选手换成了同桌张小武。袜瑞只能看着同
学们玩篮球比赛，默默地叹了口气。

放学了，袜瑞和张小武吵个不停。他们坐上校车，虽
然两个人间隔很远，但依然"马不停蹄"地吵架。

最后，张小武下了车，袜瑞也跟着下了车。傻乎乎的
袜瑞这才反应过来，自己因为吵架来到了张小武家，如果
要去自己家的话，应该在前两站下车的。因为跟张小武吵架，
而忘记看站名了。袜瑞无奈地自己走回家。

在走回家的路上，又看到了那个电影院，他忍不住又
去看电影了。他又看了第五遍《人在囧途》。

回到家，天已经乌漆墨黑了。爸爸妈妈早就吃过饭在
看报了。"空彩诚呢？"袜瑞问。"睡觉了！你来得太晚

了。"爸爸抱怨道。"她没事吧？"袜瑞关心地问。"骨折！"
爸爸果断地回答道。"哦！"袜瑞嘟囔了句。"别嘀咕了，
快去睡觉！"爸爸用命令的口气说道。

　　袜瑞只能上床了。

　　　　　　　　　　　　　　　2017年1月28日

魔法学校

"又是一封信件，"空彩诚捡起地上的一封信，"这几天真不知道收到多少封信了，而且每天都有狮子的印章，你觉得这代表什么，袜瑞？"

坐在沙发上看报纸的袜瑞愣了愣，看向了她，"你把那封信打开来看看吧！"他提议说。

空彩诚照着做了，里面有一张红色的单子和白色的小纸条，她先打开白色的纸条看了看，上面的字迹很潦草：

尊敬的空彩诚小姐：

很荣幸能邀请您参加我们的魔法学校，明天晚上请带着行李到中心池等待，会有人来接您的。

——魔法学校校长　拉姆布拉

接着她又打开那张红色的单子，那是一张录取单，用黄色的字体写字，很好看。她激动地盯着上面的话，袜瑞很疑惑，就问："你看到什么了？""魔法学校的录取单，还是校长亲自写的。"空彩诚兴奋地说。

"简直酷毙了，有我的信吗？"袜瑞忍不住问。

空彩诚开始翻起信件来，终于，她找到了一封信递给了袜瑞。

"太酷了！也是校长写的录取书。"袜瑞从沙发上跳了起来。

第二天晚上，空彩诚和袜瑞在中心池等待那位神秘人。过了不久，一位长着络腮胡子的家伙提着大包小包过来了，他低沉地问："你们是空彩诚和袜瑞吧？跟我来！"

他们来到了一堵墙前，"钻过去吧！"他对空彩诚和袜瑞说，"放松地走过去就可以了。"

空彩诚闭上眼睛，穿过了那堵墙，有点害怕的袜瑞也试了试，他也成功了。"你们已经到魔法街了，这儿是魔法师居住的地方。"那个家伙告诉他们，"自我介绍一下，我是校长的贴身护卫赛姆。你们将在这条街上买魔法师需要的道具，魔法师的打扮就像是火车的火车票。首先你们需要帽子、衣服，在这条街上有一家最好的，就是思姆拉赛柯。"那个叫赛姆的人带空彩诚他们来到了一家黑色招牌的店里，里面站着一个花白胡子的小老头，看上去很友好，他笑嘻嘻地对赛姆说："赛姆，这两个小家伙是魔法学校的新成员咯，小鬼们需要什么？""两个魔法师的帽子和两条裤子，我要付你多少钱？"赛姆掏掏口袋，问道。"三百魔法币。"老头子爬到柜子上，取出两顶崭新的帽子和两件衣服，递给赛姆，又看着空彩诚他们，眼睛眯成了一条缝。

"接下来，你们需要一把扫帚，走，我们去拉布拉思那儿。"说罢，赛姆就推开了一家店的门。里面烟味很重，一个鹰钩鼻老头正站在那儿，手上戴着一枚金戒指，还拿着一根烟，他的眼袋很深，凶恶的眼睛正死盯着空彩诚他们。

"他是拉布拉思·林伯先生，拉布拉思店的老板，他性格很暴躁的。"赛姆小声对空彩诚和袜瑞说。

"拉布拉思先生，请给我两把小号扫帚，是要给一年级新生用的，请问要给多少钱？"赛姆礼貌地问。拉布拉思先生没有回答，只是从橱窗里取出两把扫帚，接着用食指和中指优雅地拿起桌上的眼镜，戴在耳朵上，然后用他那细长的指甲翻起了账本，尖声尖气地说："总共588魔法币。"赛姆把钱递给他，就出去了。

"烟味真重！"空彩诚对袜瑞说，还皱起了眉头。"最后，一定也是你们最喜欢的，你们应该挑一只宠物了，我们要去林伯先生的妻子那儿，挑一只属于你们的宠物。"赛姆拍拍袜瑞的肩膀，和善地说。那家店在这条街的中间，特别引人注目。推开门一看，柜台边站着一个胖胖的女人，那一定就是林伯夫人吧。她一点都不像她老公，她老公瘦得像一支铅笔，她却胖得像一个荷包蛋。

"需要什么，我的小亲爱的。"林伯夫人和善地说，还凑过来抱住袜瑞，"这儿有新进口的猫头鹰，又肥又大！"

然后她松开袜瑞,笨重地转了个圈,回到了她自己的收银台,笑嘻嘻的。

赛姆对空彩诚和袜瑞说:"现在是属于你们的宠物时间,我给你们半小时时间挑选,因为我们还要赶五十分钟后的火车。现在你们可以开始了。"他满意地看了看袜瑞和空彩诚,露出了一个大大的笑容,嘴角都要超过他的鼻子了。

开始挑选了,袜瑞喜欢上了一只猫头鹰,它的皮毛是黄褐色的,眼睛是墨绿的,炯炯有神,好像死盯着自己的猎物。尖锐的黄色嘴巴,柔软的咖啡色加白色羽毛,灵活的脚趾,看上去是多么的迅猛呀。袜瑞不由自主地把右手伸了过去,摸了摸那只猫头鹰,猫头鹰好像很喜欢袜瑞,在袜瑞温暖的手中撒起了娇,"多棒呀!"袜瑞突然说,"我要叫它亚利山大。""不错!"赛姆走了过来,用满是老茧的手拍了拍袜瑞的肩膀。

而空彩诚还没有选好,她好像每个都喜欢,袜瑞问她:"我可以帮你做决定吗?"

空彩诚说:"那是当然,我正在犹豫之中呢。"

袜瑞点了点头,开始帮空彩诚选了起来。突然,袜瑞叫起来:"这只猫头鹰怎么样?跟亚利山大长得很像很配呢!"只见眼前一只雪白的猫头鹰,洁白如雪的羽毛,宝蓝色的眼睛,灵活的脚趾和同样尖锐的黄色嘴巴。

"袜瑞，你真是太有眼光了，我很喜欢！"空彩诚兴奋地叫起来。

还没等空彩诚去摸，那只猫头鹰就停在了空彩诚的肩膀上。空彩诚欣喜地摸了摸它柔软的羽毛，"小雪，这个名字怎么样？"空彩诚灵机一动，问大家。

"很符合它的长相，我很喜欢。"袜瑞一边摸亚利山大一边说。

空彩诚笑了笑，他们便去收银台付款了。出了店，他们走在魔法街的鹅卵石小道上，那些都是魔法石，能听到召唤的魔法石。

忽然，赛姆接到了一个电话，他的脸便阴沉了下来，真是晴天霹雳呀。过了五分钟，他挂了电话，遗憾地对空彩诚他们说："学校里出了点状况，校长叫我到魔法部跑一趟，可魔法部离这儿很远，你们能不在我的带领下自己上火车吗？你们应该没问题的！校长选学生的时候也不会看错。"

"我们能行的！"空彩诚走上前来，拍了拍胸脯。

"可……"袜瑞还是有些害怕，他只是个魔法学院的一年级新生，他对魔法一点都不了解。

空彩诚给了袜瑞一个鼓励的眼神，袜瑞也勉强露出了一丝笑容，但看得出来，他其实一点都不想笑。"我得走了，祝你们好运！"赛姆和袜瑞击了个掌就走了。

到了火车站，票上说是八站台，空彩诚他们便在八站台等待。可久久不来火车，他们感到很纳闷，于是空彩诚便问路过的一个高年级学生："八站台的火车怎么还不来啊？"高年级的学生听后，大笑起来："你们是一年级小屁孩吧？得从这堵墙后钻过去的，火车在里面呢！我带你们去吧，我已经三年级了！"

"谢谢你！"袜瑞说。那个高年级的学生带他们来到了一堵墙前，给他们做了示范怎么样进去。只见他挺直胸膛，大步流星地走了进去，从那堵墙里冒出来一道光，那个人就消失了。

空彩诚觉得很好玩，也学着这个人的模样走了进去。就只剩下胆小如鼠的袜瑞了，只见袜瑞手和脚交叉在一起，都快成麻花了，嘴角不停发抖，打战，手脚都快起鸡皮疙瘩了，但他听见广播里在喊"八号台魔法学校列车即将开启、即将开启！"再害怕，袜瑞都想去魔法学校上学，于是他咬紧牙关，沉着冷静，终于走了过去。

袜瑞刚上车，门就关了。车开了，他在车厢里跌跌撞撞地走来走去，终于找到他和空彩诚的位置。空彩诚正望着外面，外面是魔法森林，她转过头来，才看见袜瑞站在外面。"不好意思！"她把自己的包包挪了过来，"我还以为你再也不敢进来了呢！在魔法学校里，恐怖的事情还有很多。袜瑞，你要鼓起勇气呀！"

袜瑞从自己的包包里拿出了铜锣烧，大口大口地咬了起来："谢谢你，我想在校长和老师的带领下，学校里不会出什么危险事。还有你，你也会一起帮助我的，对吗？"

"说不准！我能预感到有什么不吉祥的事情即将发生，袜瑞，你要提防一点。我想学校里男女不会一起睡的，有些时间我不能和你一起。"空彩诚没有看袜瑞，只是低下了头。袜瑞叹了口气说："唉，何必这样说呢？你可以往好一点的处境想一想，我能在魔法学校这么高端的地方学习，我是多么的幸福。"说完，他又咬了一口铜锣烧，留下来的面包屑掉在了他们坐的沙发上。正当他们愣着，谁也没有发话时，列车员在广播里发话了："魔法学校列车即将抵达魔法学校，请各位乘客拿好行李。别忘了宠物。祝愿您在魔法学校一路平安、学习愉快，请让我们下次再见！"

空彩诚自言自语道："这广播真啰唆，对吧，袜瑞？"袜瑞点点头，但他好像不那么想。

"你究竟是怎么了？为什么你总把我的话认为是完全正确的？也有可能你在魔法学校十分安全呀！你自己说过不要往最坏的处境去想，而你现在没这么做！"空彩诚疑惑地问他，"你要相信你自己的话，袜瑞！"袜瑞没有回答，他们拿起行李和宠物笼子，下了火车。眼前是一座已经很古老的城堡，是用白色的大理石砌成的，特别的雄伟壮观。

"酷！我真爱这里！"空彩诚跑上前去，仰望这美好的建筑物，只见城堡上空几只凄凉的乌鸦正悲惨地呻吟着，它们绕着城堡飞了三圈，接着就四处飞散，不见了踪影。

"真怪！"空彩诚小声嘀咕着，但她很快就把这事给忘了。她实在是太快乐了。

大家来到了学校礼堂，校长和副校长正坐在前方，等大家都安静下来了。校长站起来大声宣布说："首先，热烈欢迎大家来到本魔法学院，在这儿，我们将一起学习十二年的魔法。魔法之旅比语文、数学都快乐，它是自由的，它是纯洁的，先来认识一下我们的老师。第一位是自由魔法主任密切特老师，密切特老师已经教书五十年，他对自由魔法这门课了如指掌，自由魔法专业的同学都是他的徒弟。第二位是纯洁魔法主任赛姆先生，赛姆先生是一位忠厚的老师，他对每一个学生都充满了爱，让我们把热烈的掌声献给赛姆老师！""赛姆老师不就是来接我们的络腮胡男人吗？"袜瑞小声地问空彩诚，空彩诚点了点头。

"第三位，也就是最后一个专业的主任，黑魔法主任詹妮小姐。詹妮小姐是这学期新来的老师，她很热情，我想大家都会喜欢她的。最后，每个专业的老师都已经选好了学生，我来报一遍。自由专业：乔治、芭蒂、克拉姆、詹姆斯、袜瑞、空彩诚；纯洁专业：杰伊……黑魔法专业：马克斯……我说明一点，一个月后，魔法月考。我们将评出总分最高的专业，那个专业里考出最高分的人将获得神秘大礼！"同学们都欢呼了起来。

大家都被分到了各专业的学校里去了，明天他们将上自由魔法的第一节课。

第二天，阳光明媚。大家来到了自由魔法的阵地上，密切特老师问大家："谁知道自由魔法的自由术是如何炼成的？"底下默默无言，只有空彩诚一个人举起了手："我知道，老师！""空彩诚同学，你来回答。"密老师点了她的名字。

"第一步，人必须想到自己最美好的回忆，要把回忆充满整个胸膛，不能有一点点小记恨；第二步，闭上眼睛，轻轻念出咒语，'都瑞米法搜拉稀都'；第三步，拿起魔杖，到胸的高度挺直向前方，再念出咒语就可以了。"空彩诚自信满满地说道。

"空彩诚同学，你竟然会八级魔法，这可是自由术中最难的了，你可以当一名八级魔法师了，而我们现在连一级都没考呢。我们学习的是另一种方法，等到八级了，这个魔法会教的。谢谢你跟我们分享八级自由魔法。那既然大家都不知道，我来跟大家讲喽！"密老师笑嘻嘻地说。

接着他拿起魔杖，给同学们示范了一遍，然后问大家："谁想第一个给大家做示范？"空彩诚举起了手。

"空彩诚同学，还是你来。"

空彩诚上去了，她拿起魔杖，大声念咒语，接着，奇迹发生了。从魔杖里冒出来一个蓝色的球，那球越来越大，球里面有三个天使，正在围着耶稣转。

密老师被震惊了，他喃喃自语道："不可能，这不可能！这可是九级魔法中最难的魔法了，整个学校里，只有校长一人会。这个女孩竟然也会，这个女孩不是人，是神！！！"

同学们也目瞪口呆，只有袜瑞一人拍手叫好，"干得漂亮！"他大喊道。

下课了，空彩诚和袜瑞还在练习这节课的内容。下节课是飞行课，将要学习如何用扫帚飞行。空彩诚和袜瑞满是期待。这时，同是自由魔法专业的一位女孩走了过来，她叫芭蒂，她骄傲无礼地说："你就是空彩诚？会九级魔法没什么了不起的，我爸爸可是魔法部部长，我爸爸看不顺眼学校里的哪个人，就可以开除他，我爸爸还可以开除校长。还有你，你这个无厘头的人，别每天无聊得要死！"她又转身对袜瑞说。

空彩诚恼羞成怒，她拿起魔杖，大喊了一个咒语，那是自由魔法中最有杀伤力的魔法。"呀！"芭蒂一下子被击倒在地，好长时间起不来。"你若再敢这样的话，我就叫你瘫痪。"空彩诚大喊一声，和袜瑞头也不回地走了。

"刚才那个芭蒂真是个神经病！"袜瑞对空彩诚说，"连张小武都比她好多了，真没见过还有这样的魔法部部长女儿！"

"别去跟那种人计较了！袜瑞。"空彩诚安慰他。

第二节课的铃声响起了，大家拿着飞天扫帚去上飞行课。马鞍夫人是他们的飞行老师，她特别的和蔼，空彩诚很喜欢她。她教大家如何骑飞天扫帚。首先，要教拿扫帚的姿势，右手在前，左手在后，要有一个弧度。接着，就要学习如何坐上去控制它的平衡。马鞍夫人教大家骑在扫帚上，扫帚自己会飞行的。

芭蒂没有弄好，摔了个四脚朝天。袜瑞一不小心撞到了马鞍老师，也掉了下去。"没事吧？"马鞍老师关心地问他。"没事！"袜瑞坚强地爬了起来，继续飞行。

魔法学校的操场上，飞行着几十把扫帚，看起来真壮观啊！马鞍夫人看大家练习得很好，就让大家一整天都玩飞扫帚。大家都欢呼雀跃，空彩诚和袜瑞就开始玩骑扫帚比赛，看谁骑得快。空彩诚以五胜两负的好成绩赢了袜瑞。

中午吃饭了。空彩诚和袜瑞坐在一起，说说笑笑。而芭蒂却很生气。

校长宣布说："再过几天就要月考了，大家要准备一下呀！现在老师已经把每门专业学得最好的人的名字报给了我，我来报一下：自由魔法第一名，空彩诚同学，第二名，芭蒂同学；纯洁魔法第一名，杰克同学，第二名，凯瑟琳同学；黑暗魔法第一名，马克斯同学，第二名，米歇尔同学。如果这些同学月考成绩优异，可以获得魔法游学机会，游学的地方在香格里拉。"

2017年9月9日

空彩诚的头花

　　今天,袜瑞应邀到张小武家去玩。空彩诚只能独自回家,家到学校的路很远,起码要走上半个小时。袜瑞坐电瓶车去的,也不好载空彩诚一程。但这没什么关系。路上发生的一件怪事,成了这件事情的开始。

　　一位老婆婆坐在路边,一副饥肠辘辘的样子,她对空彩诚说:"你有面包吗?"空彩诚有点不好意思,因为装在包里的,是她最喜欢的面包。但不想让老人家失望,所以,分给了她一个大面包。老婆婆很感激,让空彩诚在自己的麻袋里挑一件喜欢的东西带回家,里面有梳子、镜子、水瓶……空彩诚看中了一朵白色的头花,毛茸茸的,可萌了。

　　空彩诚回到家,有点臭美的她想戴一戴头花,戴上头花的她美丽极了。她连忙照照镜子,天哪,真不可思议。空彩诚变身了!她变成了一位美丽的天使,原来这朵头花有魔力。空彩诚穿着一条蕾丝裙,两臂之后长着一双翅膀,头上披着一张头纱,固定头纱的就是白色的头花。空彩诚很是欢喜,她认为那位老婆婆一定是神仙。这时,袜瑞来敲门,空彩诚不想让袜瑞看到自己现在的模样,赶快摘掉头花，去开门。

袜瑞拿着个篮球回家，他有点不开心，他对空彩诚诉苦道："张小武说他比我长得帅，说我长得丑，空彩诚，你有没有什么东西能让我变帅呢？"空彩诚有点为难，她只好说："你快闭着眼睛，我才能让你变帅。"袜瑞听了，赶忙闭上眼睛，像个盲人一样东走西走。空彩诚给他别上头花，袜瑞睁开眼睛，不可能吧，袜瑞变成了大男神，他穿着西装，戴着黑色的领带，咖啡色的长裤子配上蓝色的皮鞋，头戴一顶咖黑色的帽子，一缕头发撇出来。真帅！

袜瑞发疯似的拉着空彩诚的衣服说："这是什么？能让我变得如此帅。哈哈，张小武会嫉妒我的，哈哈，我终于超过张小武了！"

"这是头花。"空彩诚说。

"头花是女人戴的东西呀，男人怎么也会变帅？"袜瑞惊讶地问。

"这我不知道，是一位老奶奶给我的。"空彩诚拿着头花说。

袜瑞似懂非懂地点点头，说："我要是有你那么幸运就好了！"

晚上，爸爸出差，妈妈要去上夜班。空勇程和空勇鹏要上高中。家里只有袜瑞和空彩诚两人。半夜三更，袜瑞听见了撬门的声音，吓得惊慌失措，赶忙叫醒空彩诚，此时的空彩诚已经有了一根魔杖，她复制了一朵头花，把袜瑞和自己都吸进了照片里。虚惊一场，什么小偷嘛，是张小武！空彩诚赶忙把两人的灵魂都放回了外表里。张小武没有发觉过来，只看到了一闪红光，他看袜瑞和空彩诚醒了，狡诈地说："我听姚淋海说，你们有了朵头花，哈哈，袜瑞还戴头花呢，真是男扮女装呢！对啦，头花借我戴一下！哈哈，干脆送给我好了！"

"凭什么！"袜瑞不平地说。

"冷静点，袜瑞。"空彩诚赶忙劝阻。

就这样，大家打了一晚上的架。第二天一大早，他们三个眼袋果然大了不少。没办法，第二天是星期五，还得上学。第二节课时，空彩诚小便憋不住了，但她的头花是有超多功能的，还可以把时光倒回到以前。空彩诚倒到第一节下课，这样就可以解小便了。但这和睡觉一样，灵魂去解小便了，外表还在上课。解完了小便，空彩诚又前进了几分钟，回到那个时候。

"空彩诚，你怎么在上课的时候睡觉呀？真是没办法！放学来办公室检讨一下！"艾老师生气地批评空彩诚。

空彩诚才刚刚醒，"如果你能把我刚才说的话重复一遍，你就可以不去检讨。快说吧，这是一次机会，好好珍惜哦！"艾老师生气地说。

空彩诚真的重复了出来，她流利地说："您刚才讲的是乘法和除法，除法除出来的数是它的一半，我来背一下乘法表。一一得一、一二得二、一三得三……"

"好吧，你不用去检讨了。"艾老师有点沮丧地说，"不过你得反思哦。"

第二节课下课，空彩诚去一楼的图书馆借书，在楼梯角遇到了她们同班爱臭美的女生。"空彩诚，听说你有了一朵头花，能变成美丽的天使哦！"陈着衣说。

"是啊是啊！"佳佳说。

"头花是从哪儿找来的呀？"美蒂玺说。

空彩诚有点不耐烦，没理会她们，就从旁边的楼梯下去了。

来到图书馆，空彩诚把校园身份证和借书卡都拿了出来，每一次来借书，最多只能借三本。空彩诚借了三本，第一本的名字叫《爱的追求》，第二本叫《绿藤宅》，第三本是空彩诚最为喜欢的一本，叫《百灵信使三》。第一本和第二本，空彩诚已经看过了，第三本是最新出的，一定很有意思吧。空彩诚看了看捐赠这本书的人的名字，是隔壁班的一位女生，有一次在逛街时候，空彩诚曾经遇见过她，那还是在小学二年级的时候。

空彩诚一边想着一边往家走着，陈着衣跑了过来，对着空彩诚的脸说："告诉我吧，好同桌，到底有什么秘密能让你变美呀？袜瑞趁你不注意，在全班都广播了。"空彩诚想，袜瑞可真不靠谱，但已经被同学知道了，总不能不大方吧。空彩诚很是为难，叹了口气，苦笑着说："我有一朵头花，有超级魔力，可以让我变漂亮，可以让时光倒流。""快拿出来给我看看。"陈着衣兴奋地说，看起来对头花这事很有兴趣。陈着衣可是班里出了名的大嗓门，这一喊，把班里爱臭美的女生都给招来了。不知道怎么的，班里的一位男生也来了，是张小武。空彩诚不知道袜瑞想戴头花向张小武炫耀，就大方地给张小武戴了头花。

张小武戴上头花，变得英俊潇洒，文质彬彬，一副得意的样子。女生们都羡慕极了，也抢着要戴头花。结果一个比一个漂亮。

空彩诚要回家了，但女生们都想要借头花，一人一天。空彩诚是班长，只能答应了。

一回到家，做完作业的袜瑞就说要戴头花，他急不可耐地说："快点把头花借我戴戴，我要找张小武去炫耀炫耀。"空彩诚愣住了，因为今天借头花的就是张小武。一想到上次，妈妈坐坏袜瑞的眼镜后袜瑞破口大骂那样子可吓人了，只能撒个谎了。空彩诚笑着说："啊，我丢了，我丢了，要不你去帮我找回来吧。"袜瑞不高兴了，"我不要浪费时间，我要头花！"他骂道。

自从这次撒过谎后，空彩诚不知道怎么样去弥补这个过错，怎么样把大海填平。

　　吃晚饭的时候，她也心不在焉的。袜瑞看出了空彩诚的古怪，觉得有些不对劲，就想试试空彩诚。袜瑞也被空彩诚看出了心思，她也不知道该怎么办。她忽然觉得撒谎很可耻，但也只能这样撒下去了。

2017年10月15日